故事力

90秒说服对方

张宏裕 著

北京理工大学出版社
BEIJING INSTITUTE OF TECHNOLOGY PRESS

图书在版编目（CIP）数据

故事力 / 张宏裕著. —北京：北京理工大学出版社, 2020.3
ISBN 978-7-5682-8104-1

Ⅰ. ①故… Ⅱ. ①张… Ⅲ. ①语言表达—通俗读物 Ⅳ. ①H0-49

中国版本图书馆CIP数据核字（2020）第012457号

北京市版权局著作权合同登记号 图字：01—2019—6503
　　中文简体版通过四川一览文化传播广告有限公司代理，经由时报文化出版公司独家授权，限在大陆地区发行。非经书面同意，不得以任何形式任意复制、转载。

出版发行 / 北京理工大学出版社有限责任公司
社　　址 / 北京市海淀区中关村南大街 5 号
邮　　编 / 100081
电　　话 / （010）68914775（总编室）
　　　　　（010）82562903（教材售后服务热线）
　　　　　（010）68948351（其他图书服务热线）
网　　址 / http: // www.bitpress.com.cn
经　　销 / 全国各地新华书店
印　　刷 / 三河市金元印装有限公司
开　　本 / 880 毫米 × 1230 毫米　　1/32
印　　张 / 7.5　　　　　　　　　　　　　　　责任编辑 / 徐艳君
字　　数 / 138千字　　　　　　　　　　　　　文案编辑 / 徐艳君
版　　次 / 2020 年 3 月第 1 版　2020 年 3 月第 1 次印刷　责任校对 / 周瑞红
定　　价 / 36.00元　　　　　　　　　　　　　责任印制 / 施胜娟

… 自序 …

成为有故事的人，做自己生命的设计师

  我担任企业管理培训讲师已经很久了，一路走来无怨无悔。当初情牵"传道、授业、解惑"的讲师梦，我阅读了大量管理类的书籍，以此来充实学养，毕竟"操千曲而后晓声，观千剑而后识器"。我生怕误人子弟，于是带着"唐吉诃德"般梦幻骑士的征战豪情，兴致勃勃地云游四方。我仿佛拿着长矛，骑着瘦马，冲破一路的艰难险阻，知其不可为而为之，不断地累积授课、演讲经验。其间，酸甜苦辣的点滴趣事为生活平添了缤纷色彩。

  我喜欢在授课中场休息时播放音乐，因偏爱凤飞飞的《凉啊凉》，所以从岁首到年终，都情不自禁地播放这首歌。直至某次寒流来袭，学员直呼："老师，我们一阵寒意上心头，好冷喔！"我才有所察觉，是该换首温暖热情的曲子了。

  还有某次下课，我正欲离去，突然一位男学员来上前攀谈，说他收获丰富，对我表示感谢，我不禁喜上眉梢。随后他缓缓拿出一张随身碟，羞涩地说："老师，你中场休息播放的音乐，实在动听悦耳，我可否拷贝一下曲目？"我立刻从沉醉中醒来，告知他可自行在网络上寻找此曲目。接着，第二位女学员也前来感谢我，说她获益良多，我不疑有他，谦虚地感谢她的赞美，心里庆幸孺子可教也。没想到下一秒钟，她也缓缓拿出一个随身碟，说："老师，我可否拷贝你中场播放的音乐呢？"天啊！我哭笑不得之余，深自反省，是否音乐胜过教材内容，否则怎会出现"买椟还珠"的窘况呢？

在授课经历中，有时老天也会巧妙地让我学习"言行合一"的功课。某次前往授课，竟然发现承办人员态度消极，不愿配合教室桌椅的摆设，顿时令我火冒三丈。经协调后，我忍着怒气开始讲授当天的课程——"情绪管理"。当天强颜欢笑，言行不一，内心真的是五味杂陈。

另有一次，某天早上，距离上课时间只有五分钟，我连赶带跑，气喘吁吁地越过马路，飞奔进教室，面带笑容地开始讲授"时间管理"的课程，这令我十分汗颜。

能让学员热情地投入学习，是所有讲师梦寐以求的事，那种感觉就像跳探戈一样合拍。记得某次在吴江，我九点开始授课，全体学员竟然在八点半全部就座，精神抖擞，静静地等待讲师。部分学员从苏州厂赶来，清晨四点多就起床赶车，就是为了避免迟到。为期两天的课程，纪律之严谨，学习之投入，令我十分动容，这也激励我要对学员倾囊相授。

情系讲师路，至今已十二年，共完成九本著作。"教学相长"的过程中，客户与学员的"满意度调查"评价，有如过山车般从眼前掠过。沮丧落寞也好，欣喜振奋也罢，唯有虚心受教才能领略"倒吃甘蔗甜如蜜"的滋味。

现在每次授课之后，我总是离情依依，因为珍惜和学员聚在一起的缘分——或许一生机缘只有一次。我要的不多，只要学员在下课离去时"回头"看我一眼，或者说一声感谢，我的心也就满足了。

在自己众多的课程中，我最喜爱的就是"说故事营销"这门课。因为"先说故事，再讲道理"，故事分享犹如《一千零一夜》的情境，酝酿高感性、高关怀，从而勉励自己"人生，要活对故事"。此刻，又想起前王品集团董事长戴胜益为我的第一本著作《团队建立计分卡》写的推荐序中的一句话："你认真，别人就当真。"这句话让我的讲师梦继续在心田燃烧！

张宏裕

… 导读 …

会讲故事才能活成故事！

　　这个世界就是由各种故事串联起来的，会讲故事的人，在沟通中总会更有优势。讲故事的沟通方式，重在传递"启发点"（inspired point）：梦想、行动、改变、勇气、智慧、热情。有时，说者意欲传达某种信念，但听者或许有不同的领会和解读，不过这也正是说故事的玄妙之处：一个故事，两样情怀，千般解读。故事源可归纳为三大类：亲身经历、他山之石、典故寓言。会讲故事的人生才更有乐趣，愿你我都成为有故事的人！

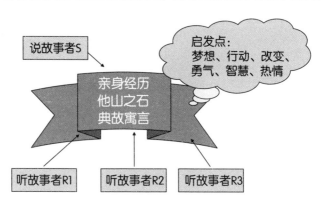

故事沟通模型

说故事的巧实力（smart power）

当人工智能AlphaGo围棋软件战胜棋王柯洁时，柯洁难过地哭了！AlphaGo虽在技术上赢了，但终究赢不了人类的"情感"！

真切的情感是AI无法模仿的巧实力。故事会让人们哭也会让人们笑，真情至性的情感流露总会获得最终的喝彩。如果基于深度学习（deep neural network）的AlphaGo，可以通过大量的样本训练、庞大的计算、灵巧的网络设计，变得愈来愈智能，那么同样的，说故事的过程，也能让人延伸联想。

说故事的巧实力意指"先说故事，再讲道理"，结合硬实力和软实力的制胜说服策略能力，涉及破冰、想象力、幽默感、同理心、正面思考。

说故事的"黄金圈"

"说故事的黄金圈"包括：动机（why）、场合和时机（where & when）、来源（what）、技巧（how），如图所示。

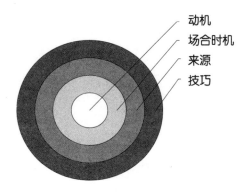

动机
场合时机
来源
技巧

说故事的"黄金圈"

一、Why？说故事的动机是什么？ 为何要先说故事，再讲道理？

- **解决事情之前，先处理心情问题。故事好比一个缓冲带，能让纷乱的心慢下来**

  世事纷乱、人心惶惶的年代，充满太多的对立、焦虑与不安，人际关系面临信任危机。讲故事好比让对方站在一个缓冲带上：故事慢慢说，情感慢慢流，人生慢慢活，通过讲故事来启发失落已久的感性情怀。

- **善用故事，刺激镜像神经元，让对方感同身受**

  镜像神经元（mirror neurons）是我们脑中可以反映外在世界的一群特别细胞，让我们能够通过视觉、声音、情感，理解别人的行为及企图，彼此沟通。当我们传递信息时，接收者中大约有40%属于视觉学习者（偏重于视觉上的信息，如图表、图画等）；40%属于听觉学习者（偏重于声音的信息，如在讨论中去理解事物）；20%属于动觉学习者（偏重于亲自操作、经历或感受）。

说故事可以满足这三者的学习偏好：视觉学习者可以通过想象观赏画面；听觉学习者可以聆听抑扬顿挫的声音和遣词造句的表达；动觉学习者会被故事里的情境感动。

· **说故事，让听众自己找答案**

故事，取代了命令、说教、独白。听众听故事的过程就是一个想象的过程，他们可以对故事里的英雄与敌人等角色进行不同的解读。这就是故事的玄妙之处：一个故事，多样情怀，多种解读。

· **更具创意的"说故事"的能力**

有人说，内容从业者需要更具创意地"说故事"。曾有调查显示，86％的消费者被视为不爱看广告，但研究发现，消费者不是不喜欢看广告，而是更想看有创意的广告，甚至因此购物。所以，内容从业者的产品（所讲的故事）要更有创意，才会受到客户的青睐。

二、Where & When？故事可以应用在哪些场合和时机？

产品营销：说一个品牌、商品或服务故事，情真意切，促动感性情怀。

群众募资（众筹）：说一个亲身经历（创办人）的故事，阐述理念，以此取代老王卖瓜式的浮夸营销。

业务推销：说一个顾客买单与满意度的故事，争取情感认同！

人资招募：说一个企业逸闻、趣事，传递企业文化与价值观。

面谈说服：说一个亲身经历、逆转胜的工作故事，展现自我特质与解决问题的能力！

企业文化：说一个品牌创立的故事，凸显企业文化内涵！

三、What？故事源在哪里？（本书收录五十多个故事，随取随用）

生活中的一次难忘经历（社会见闻、旅游、家庭、人际沟通等）。

在工作中，与顾客沟通、销售产品时的挫败或成功经验。

曾经努力工作的一次独特经历（产品、服务、活动、品牌等）。

与主管或同事在人际沟通中的一次难忘经历。

不断积累故事，并深思故事传递的关键点，日后在引用这类价值观的故事时就非常方便。

四、How？如何把故事说好？

故事有两种表达方式：尽量铺陈或者点到为止（把故事线索简单带出）。

故事的迷人之处，在于吸引听众：感性吸引、理性强化、激起行动。

掌握说故事的三个关键点：引爆点（tipping point）、转折点（turning point）、启发点（inspired point），如图：

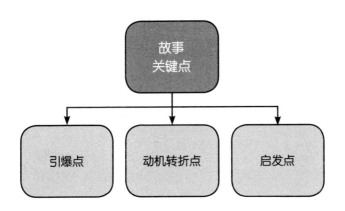

引爆点：90秒内引人入胜，让人有一探究竟的欲望。

转折点：将个人情感与内心矛盾之处投射到故事中，高潮迭起，令人拍案叫绝。

启发点：传达想表达的精神与态度，带出自己的个性与信念，提供价值，令人深思。当再次通过故事检视过往的心路历程时，也可隐然产生疗愈（therapy）功效。

本书分为四大部分（章），总计三十六篇故事与故事启迪（延伸联想）。

故事思维：随时获得说故事的灵感。

故事技巧：如何讲好一个故事。

故事应用：做一个会讲故事的魅力领导者。

故事营销：用故事抓住顾客的技巧。

第一章包含九篇故事，以散文叙事的形式讲述作者的亲身经历，包含求学、爱情、亲情、工作、兴趣、人际沟通等。帮助你获得说故事的灵感，目的是让你获得故事思维，成为张口就能说出故事的人。

第二章包含九篇故事，且总结出九个说故事的技巧。讲好一个故事也是有技巧的，学会讲故事的技巧，让你成为一个会说故事的人。

第三章包含九篇故事，教你做一个会说故事的"领导者"。故事能帮你化解很多团队中出现的危机，帮你带好团队，能够更好地与领导或者下属沟通。

第四章包含九篇故事，主要介绍故事营销法。善用故事营销法，能让你掌握抓住顾客的技巧，更好地推销自己，吸引别人。

书中，每篇文章都分成两个部分：第一部分说故事；第二部分是故事启迪，阐释讲故事的技巧，延伸思考的联想力。故事启迪以树形图呈现，如图：

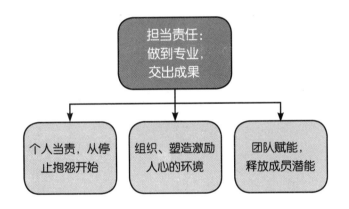

听故事时，读者仿佛被带入一个秘密花园，唤醒右脑，编织想象，用感性的同理心正向思考，用说故事的能力，为自己打开一片天地。会讲故事才能活成故事，愿故事力与你同在，活出生命的美好！

Chapter 1 故事思维：
随时获得说故事的灵感

Chapter2 故事技巧：如何讲好一个故事

4

Chapter 4 故事营销：
用故事抓住顾客的技巧

Chapter 1

故事思维：
随时获得说故事的灵感

世界愈快，心要愈慢，

故事好比缓冲带，

让人们纷乱的脚步停下……

自己的故事慢慢说，内心的声音慢慢听；

真切的情感慢慢流，精彩的人生慢慢活。

01　在散步中寻找故事灵感

故事是经过情感包装的事实或情境，驱使我们采取行动，传递真善美的价值。

我开始对身边的人、事、自然产生兴趣。于是我用眼睛观察，用心灵感受，用情感和体悟与人对话。

　　今晨起床，时钟已走到6点5分，窗外暗黑一片，却挡不住我要以散步来开启崭新一天的心情。2017年元月，刚过完了小寒，仍未见寒意，让人感觉似乎是个暖冬。但气象预报显示，这个周末有冷气团来袭，铺陈即将来临的大寒节气。

　　每天，我会从小区中庭开始自己的散步行程，先在那里来回走两圈，礼貌地问候步道两旁的小叶榄仁和大叶榄仁。我深知这是它们的地盘，所谓"卧榻之下，岂容他人酣睡"，不过它们能却与玉兰花、桂花相处融洽，形成刚柔并济的情境。接着，我穿过花园小径，瞻仰两侧威武雄壮的荆桐、黑板树、茄苳与阿伯勒，感谢它们长年尽职，扮演慑人的护卫。在它们的注视下，伴着七里香与白鹤芋的关爱，我走出小区大门，漫步到被我任性昵称为"自家后花园"的地方——碧潭河畔。

　　沿着河岸，信步而行，望着阴沉微凉的天空，我想到许多寒冷的北方国度。漫长冬日与黑夜，会让许多人陷入忧郁的情绪。我立即提醒自己，赶紧舒展一下手脚筋骨，按摩一下各个穴位，让通体舒畅，免得在这样的天气，让心情陷入阴霾。

　　走着走着，我看到路边有两只黄狗，一大一小，分别由不同的主人牵着。当两只黄狗擦身而过时，突然互相狂吠起来，两位主人赶忙拉住制止。黄狗互呛狂吠，不知它们是要炫耀自身的本领，赢得主人的青睐，还是掩饰害怕，做出奋力一战的姿态。

　　桥墩下，一群鸽子整齐地排列在那里，迫不及待地等待着喂食他们的老人出现。几只白鹭鸶径自站在浅水的石头上，似乎在说：好不容易送走了昨夜的喧嚣人潮，终于有一点孤芳自赏的空间和时间了。有时天空放晴，还会有许多只老鹰在空中盘旋。不过，在快乐翱翔的鹰群中，有一只是被遥控的老鹰模型，不知那些真老鹰一旦发现真相，日后会如何对付这只假老鹰。

走到吊桥边，波光粼粼，今天怎不见那位丢掷"回力镖"的中年男子呢？那些从他手中丢出的"回力镖"，有的又成功回到他手中，有的却掉落了，这让我联想到自己的梦想，有的实现了，有的却落空了，但心中总是充满了希望。

漫步到渡船头，我看见一位晨泳上岸的男子，他结实的身材，令我羡慕不已。我低头看着自己日渐"中广"的身材，真不知该唱"往事只能回味"，还是唱"何日君再来"。有人说，散步时接近荒野自然，更容易倾听到内心的声音。我在散步时思绪特别清晰，这种"存在性的相随"真的能启动感性情怀。

散步，让我有了观察的眼、倾听的耳和沉醉的心，尤其让我与心灵深层的自我相遇，探访心灵的秘密花园。散步也让我"快思慢想"，快思即灵感激荡，创意油然而生；慢想即"行有不得，反求诸己"。

看着时间已近七点，散步行程已近尾声，我赶忙快步往回走，以避开即将到来的汽车浪潮，那震耳欲聋的喧嚣声足以让人心烦意乱。想着那句"结庐在人境，而无车马喧。问君何能尔？

心远地自偏。"我今年的终极目标也将是，在这纷扰喧嚣的城市生活中，学习保有心静自然凉、"八风吹不动"的沉着冷静，并培养同理、利他与分享的感性情怀，走出真善美的美丽人生。

📖 故事启迪

故事来源于生活，当你的身体和心灵与大自然相通的时候，便能收获更多的灵感。

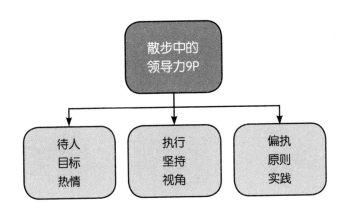

一、领导力的九个P

美国有一对父子，六十五岁的执行长和他三十六岁的创业家儿子，通过一起散步与知性、感性的对话，找寻放之四海而皆准的领导素质。整整六个月的时间，他们走了一百英里（1英里≈1.61千米）路，翻越一座座山岭，踩过海边的沙滩，穿过都市的大街，最终归纳出领导力的九个P：待人（people）、目标

（purpose）、热情（passion）、执行（performance）、坚持
（persistence）、视角（perspective）、偏执（paranoia）、
原则（principles）、实践（practice）。

二、散步的意义

"科学管理"理论的奠基人之一拉尔夫·沃尔多·爱默生
（Ralph Waldo Emerson）曾形容《湖滨散记》的作者梭罗：
"他散步的时间与创作的程度成正比，如果将他关在房间里，他
将毫无产出。"梭罗每天至少散步四小时，有时走得更久。

微软公司曾做过一项研究：人们在网络时代的平均专注力，
比金鱼缸里的金鱼还要短，只有8秒（金鱼是9秒），而且还在
逐年降低中。那么什么才能吸引住你呢？如何才能维系人际情感
呢？或许，散步可以让你从每天的"尘世交战"中脱离，让你的
心思沉淀后变得更清明。

三、说故事的魅力

"故事"是一个缓冲带，使纷乱的人们慢下脚步。故事慢慢
说，情感慢慢流。说故事让人学会细细观察，文中对荆桐、黑板
树、茄苳与阿伯勒、七里香与白鹤芋等庭园植物的描述，可以激
发人的想象，进而触动视觉。何不说一个故事，让周遭的人们都
慢下来呢？

02　从自己熟悉的人、事、物开始说故事

故事可以表达价值观，即使理解上有殊异，感受却总是真实而贴切。透过"故事"的镜头，我们可以看见自己的人生。

夜的来临，让我懂得歇息，放慢脚步，享受一下白天来之不易的辛勤成果。

　　因父亲偏爱江浙美食，从小我就对江浙名菜如数家珍：清炒鳝糊、蹄筋烩乌参、冬笋烤麸、芙蓉蟹黄煲、东坡肉、八宝辣酱、老雪菜黄鱼……他也不时敦促妈妈做些家常美味，如肥瘦比例适中的猪绞肉百页卷（黄金条）。

　　每次妈妈上完菜，我都饿虎扑羊一般抢先下筷，生怕自己吃得比别人少。我还会和两个"小萝卜头"弟弟，在餐桌上扮演油嘴滑舌的商人，边吃妈妈做的菜看边谈生意，摆出一副"小大人"把酒言欢的豪迈模样。而挥汗如雨，看着丈夫、孩子大快朵颐的妈妈总是最后才上桌。

　　我喜欢陪爸爸一起观赏"傅培梅时间"（一档烹饪节目），程家大肉、松鼠黄鱼、虾仁炒鲜奶、砂锅鱼头、酸白菜锅等名菜都让电视机前的我垂涎不已。

　　后来，我进入职场担任国外业务专员，常有机会随同主管陪外国客户出入高档餐厅，大吃法式料理、意式料理、印度咖喱、日本料理、泰式料理等酸甜香辣的异国美食，舌尖上的滋味也变得更丰富了。

　　年过半百后，我身上的肌肉多转为肥肉，腰也变得越来越粗，加上历经多次食品安全风暴，我遍尝大江南北美食的嘴，开始眷恋妻子洗手做羹汤的温馨与安心。于是我不好意思地央求贤惠的妻子做几道我特别想吃的菜。妻子"不负使命"地向朋友或岳母请教，竟做出了不输给餐厅的好味道。

每次望见妻子在厨房忙碌的背影，我都会贴心地在她旁边摆台电扇，帮她捶几下背，偶尔说个冷笑话，试图慰劳她烹饪的辛劳。但有时我也会弄巧成拙，因妨碍妻子而被哄走。

有时妻子忙完后，累得腰酸背疼，我也会帮她拍打一番，并自告奋勇地清理餐后的碗盘。但向来手拙的我，经常因清洗不干净而使碗盘留有残渣。最后，妻子还是不得闲，要重新洗过，而我道歉的话语早已词穷！

多年来，一道道我最爱的私房菜，陆续出自妻子之手：葱爆羊肉、凉拌小黄瓜、红烧牛腩、镶豆腐、清蒸鲭鱼、苦瓜咸蛋、奇异果马铃薯色拉……总能通过我挑剔的味蕾，满足口腹之欲。

而每当上桌吃饭时，思及当年妈妈总是最后入座的遗憾，现在的我一定会耐心等待，邀妻子一起入座，做完感恩祷告后才开始用餐。曾有好手艺的妈妈，如今已届耄耋之年，口中无牙，食物只能打成汁，配着软烂稀饭入口，这令我心疼不已。妈妈和妻子是我生命中最爱的两个女人，于是我心中暗自决定，以后不论妻子端出的是山珍佳肴还是寻常小菜，我都要不断赞美，封以"食神""五星总铺师"等雅号。那天我又嘴馋，央求她做一道"番茄牛肉蔬菜汤"，她问我这次又要给她什么头衔？我谄媚一笑："三星米其林"。

故事启迪

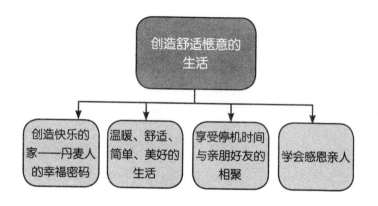

一、观察和回忆是故事很好的来源

总有一些儿时记忆或亲人之间的互动是永远难忘的，这就是家的温暖。故事可以从对亲人的记忆说起。细致地观察生活，你能找到更多可以拿来说的故事。

二、运用"时间轴"延伸你的故事

曾有好手艺的妈妈，如今已至耄耋之年，与如今一道道我最爱的私房菜均出自辛劳的妻子之手形成对比，通过时间的延伸，让故事更丰满。

三、适当加入幽默元素

故事描写加入适当的幽默元素，如"食神""五星总铺师""三星米其林"，让受众有联想空间。

03　找到故事源

　　故事能诱发人们内心的声音。当人们发现故事中有共同的价值观时，就会产生认同，形成更好的合作关系。

我终日寻找快乐，终身探求幸福，最后终于在成就自我并激励他人的过程中，找到了答案。

某天早上我兴冲冲地搭乘地铁，准备从新店去南港展览馆，怎知一上车就觉得浑身不对劲：糟糕！我忘了带手机。一股失落孤寂感，油然而生。

天啊，忘了带手机，顿时我的心里如一团乱麻！惶惶不安，如坐针毡。心想，这一趟地铁至少要经过三十站，我能受得了这种孤寂的考验吗？不过，转而一想：何不借这个机会挑战一下自己，或许此刻"境随心转"会有不一样的体会呢？

于是，我开始东张西望，观察周遭的人、事、物。我发现车上的人大都自顾自地低着头，一刻不闲地滑手机、看平板，场景差堪比拟：众人皆滑机，唯我独观望；举世皆3C①，唯我独沉思。

突然有一位年轻妇人抱着稚龄幼儿上车，但并没有引起人们的注意。只因我抬头观望，才看到此情此景，我毫不犹豫地起身让座，少妇也因我的举动而表示感谢。

在车上，除了用眼睛观察，用耳朵聆听，我也开始思考这些场景背后的意义。我开始回想：自己什么时候开始减少了与朋友的电话沟通或见面，而用社交软件取而代之，仿佛躲在一层神秘面纱的背后，让别人猜测自己的心境；自己是什么时候变得不爱说话，不喜欢外出踏青，不喜欢写下喜悦或悲伤的点滴心情；又

---

① 即电脑（computer）、通信（communication）和消费性电子（consumer electronic）三大科技产品。——编者注

是什么时候开始变得不太有耐性，不愿意花时间等待，不愿意花时间陪伴亲人，以至于感情都渐渐冷漠了。这一切的改变，不正是从自己低头使用手机开始的吗？

猛然惊觉，我的低头不是古人所谓的"思故乡"，而是不停滑手机；我的抬头也不是"望明月"，而是展场看3C。我竟开始怀念起大学时期的初恋，那是一个没有网络与手机的年代。某次与女友约会，我因为错过时间，从白天等待至黑夜，那苦苦守候的情景，思念的等待竟然也是一种甜美。如今，与家人一起晚餐话家常、与好友在重要节日共享桌游，似乎已经是一种奢望了，因为眼球都被网络霸占了，心思都被速度取代了。我想起《小王子》中的一句话："你为你的玫瑰花花费了时间，才使你的玫瑰花变得那么重要。"

不知不觉，我已抵达目的地，乘客们陆续出站，我也跟着走出站外。抬头看着天空，感觉天空特别蔚蓝；26摄氏度的温度，伴随着舒适宜人的微风，感觉更是舒爽。望着街上林立的广告牌，有的横七竖八，有的井然有序，构成了市容景观。路旁的行道树，默默守护着来来往往的人们，也窥探着人们脸上的不同表情：或轻松谈笑、或神情严肃、或若有所思，却少有闲情逸致。仿佛只有我才能懂得行道树的心情，此刻，心境似乎更透亮清明，感性情怀也慢慢被开启了。

日前太阳西下的一个傍晚，我抬头看着天空，竟看到"金星伴月"的有趣画面，好像美人嘴边的一颗痣，星月交辉，惺惺相惜。我不由得记起一句广告词："世界变快，心则慢。"我提醒自己：低头之余，不要忘记抬头。抬头的天空，更辽阔！

故事启迪

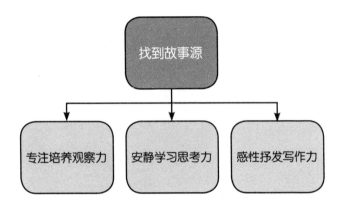

一、打破无法找到"故事源"的困境

讲授"故事力"课程多年，常有学员面临无法找出"故事源"的困境。我会建议学员做一个试验：刻意找个不带手机的时机，抬头看看周遭的人、事、物、大自然景观，边散步边思考，你会发现许多"现象"与"问题"。这些"现象"与"问题"可成为故事的线索与来源。

二、故事激发创意

卢建彰导演说："有印象就有故事，全世界都是你的观察对象。有观点才有立场，立场是说服别人的起点。"作家杨照说："故事包装人生，人生演绎故事，故事可以激发创意，创造出无限的可能与价值。"文章最后引用"世界变快，心则慢"的广告语，仿若暮鼓晨钟，作为"价值启发点"传递给大家。

三、先说故事、再讲道理

美国学者丹尼尔·平克（Daniel Pink）提醒，我们早已生长在一个"理性有余，感性不足"的世界，因此未来的人才，需要具备"高感性、高关怀"才能胜出。相较于硬议题如"减少使用手机"的说教、分析，不如"先说故事，再讲道理"，放松心情才能促动感性，传达理念。

四、传统理性说服VS故事营销说服

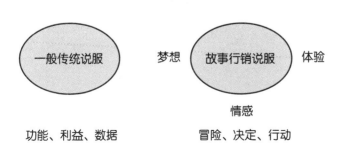

04　亲情、友情与爱情的故事是情感的仓库

　　故事，让人重新定位角色，厘清生命中的轻重缓急，活对人生。故事可以通过散文叙事，抒发内心的情感，情是主轴，刻画蕴藏其中的深情。

宁静是最奢华的享受。心灵时时涤尽尘埃，让我拥有再出发的勇气。

我虽已过"知天命"之年，但因与妈妈感情极好，仍常扮演现代"老莱子"①的角色。妈妈已届九十二岁，口语表达与记忆力日渐衰退，那天我惊觉如再不精进自己的逗趣功力，就很难博取她老人家的欢心了。

因此，我重编了歌曲，与妈妈一起哼唱《一只小雨伞》《妈妈请你也保重》《欢喜就好》等经典老歌，还陪妈妈翻阅年轻时在"山水亭"担任会计工作的照片，诉说她深受老板赞赏的"丰功伟绩"，让妈妈沉浸在快乐的回忆中。此外，天气晴朗时，我会带妈妈到中庭晒太阳，按摩四肢，牵着她的手逛逛卖场，吃一顿软烂易嚼的午餐。最后看着她笑呵呵的面容，一脸的满足，我亲吻妈妈的脸庞，送她快乐地返家。

但日前我去看望妈妈，她突然不认得我了！神情木然，频频问："你是谁？"虽然面对母亲老化失智的事实，我早已做好了心理准备，但当这种症状出现时，我仍沉痛难抑。在人生的旅程中，"时间""死亡"和"爱"三个元素，编织了人生精彩曲折的剧本。我们渴望爱，害怕死亡，却希望有更多的时间。日前，有一部电影描述了一位原本婚姻美满、事业有成的中年男子，在遭逢六岁的女儿病逝后，陷入一片慌乱。不仅婚姻破碎，社交瓦解，生活失衡，工作也岌岌可危。男主角写了三封信，分别寄

---

① 老莱子：指子女想尽办法让年事已高的父母心情舒畅。

给"时间""死亡"和"爱"，借以抒发自己郁闷的情绪。他的友人将计就计，雇用三个业余演员分别扮演"时间""死亡"和"爱"，并回信给主角，与他互动对话，最后主角终于疗伤止痛，得到心灵的救赎。

妈妈失忆这个事实，让我思考人生中"时间""死亡"和"爱"的含义。"时间"代表要及时行孝，"树欲静而风不止，子欲养而亲不待"。"时间"让我们分辨人生中的轻、重、缓、急，从容不迫地择己所爱、爱己所选；而"死亡"则是生命中最难以面对的课题，但它可以让人们变得更柔和、谦卑。至于"爱"，则是万物和谐的源头。在侍奉妈妈的过程中，我学习爱的箴言："爱是恒久忍耐，又有恩慈；凡事包容，凡事相信，凡事盼望，凡事忍耐；爱是永不止息的。""老吾老，以及人之老"，通过对妈妈的爱，我也获得了博爱的情怀。

昨天，当我再次陪伴妈妈，哼唱我改编的歌曲时，没想到妈妈竟然恢复了记忆！紧拉着我的手说，我是她最心爱的儿子！至此，我告诉自己：称职扮演"老莱子"的角色，将会让我的人生了无遗憾。

故事启迪

　　在人生的旅程中，"爱""死亡"和"时间"三个元素编织了人生精彩曲折的剧本。我们渴望爱，害怕死亡，却希望有更多的时间。"时间"让我们分辨人生中的轻、重、缓、急，重新定位自己的角色。从容不迫地择己所爱、爱己所选。这些难以绕过的课题都可以成为你说故事的素材。学会爱和被爱，接纳死亡，珍惜时间，这也是我们一生需要学习的东西。

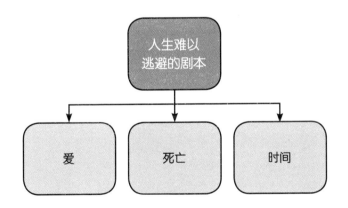

一、故事联想

写这篇文章，让我联想起另一个故事：

　　一位成绩优秀的青年应征大公司的经理职位，通过重重面试关卡，最后董事长亲自与他面谈。董事长从履历上发现，从中学到研究所，他的成绩一直很优秀，便问他："你在求学时谁替你付学费？"青年回答："我父亲在我一岁时就去世了，是母亲靠给人洗衣服替我付的学费。"董事长看着青年一双白皙的手，问道："你帮母亲洗过衣服吗？"青年回答："从来没有，我母亲总是要我多读书，再说，母亲洗衣服比我快得多。"

　　董事长说："你今天回家，先给母亲洗一次双手，明天上午再来见我。"青年觉得这个考验很简单，回到家后，高高兴兴地要给母亲洗手，母亲受宠若惊地把手伸给孩子。但就在青年给母亲洗手时，渐渐地，流下了眼泪。因为他第一次发现，母亲的双手都是粗糙的老茧，有的伤口在碰到水时母亲还疼得发抖。

　　青年第一次体会到，母亲每天就是用这双有伤口的手洗衣服为他付学费，母亲的这双手就是他今天顺利毕业的代价。青年给母亲洗完手后，一声不响地把母亲剩下要洗的衣服也都洗了。

　　第二天早上，青年去见董事长。董事长望着青年红肿的眼睛，问他昨天回家做了些什么。青年哭着回答说："我给母亲洗完手之后，也帮母亲把剩下的衣服都洗了。没有母亲，我不可能有今天。"董事长说："我就是要录取一个懂得感恩，能体会别人辛苦的人来当经理。你被录取了。"

二、亲情、友情与爱情的故事是情感的仓库

"天若有情天亦老，月如无恨月长圆"，亲情、友情与爱情的故事是情感的仓库。我们如何做才能让父母感到幸福开心？那就是"陪伴"，至少这样做会让我们在情感上没有遗憾。而这些细腻的感情也是帮助你说出能感动他人的故事的情感来源。

05　在旅途中找到故事灵感

通过旅行见闻，说出地图背后短暂光阴的故事。旅行的意义：出走，是为了走出。旅途中最令人感动的，是一个人、一句话或一个动作。

面对千山万水的阻隔，我带着梦想的头盔、信心的盾牌、行动的长矛，准备打一场美好的仗。

在职场上自诩精明干练的我，仿佛只要离开台湾，所有的聪明才智立即停摆，换上迷糊的脑袋，以及一箩筐的糗事。

某次去日本旅行，出发前我感冒未愈，抵达机场办妥登机手续后，手提行李在经过X光检查时，才发现里面有一罐枇杷膏因超过10毫升而不可携带上机。我舍不得直接丢弃，只好万般无奈地在众目睽睽之下，把整罐枇杷膏一饮而尽。此时，妻笑着打趣说，这画面好似电影《人在囧途》中的情节，主角牛耿在登机时硬是把不可携带上机的一大罐牛奶倒入腹内，就差没打个饱嗝了。

我是个容易入眠者。某次去德国旅游，我煞有其事地随身携带笔记本，准备好好记下导游讲解的人文事迹与景点趣闻。怎奈只要坐上游览车，即便导游的解说十分精彩，我的眼皮还是渐感沉重，不消一刻钟，就回以温柔的鼾声。醒来后看看笔记本，仅有寥寥几个文字，我煞是懊恼。妻子说，我俨然是"上车睡觉，下车尿尿"的最佳诠释者。

妻子还赐给我一个雅号——"令人叹为观止的路盲"。一次在捷克旅行的自由活动时间，我想先回饭店休息，妻子再三说明回饭店的路线与方向，不放心地叮咛：要先经过著名地标"火药塔"，再往左转，等等。我也保证独自回饭店没问题。两人分手后，我确认无误地经过地标"火药塔"，然后穿街走巷，向饭店走去。怎料东转西拐，竟又转回到原地。无助尴尬的我只好向服务人员求救，才终于回到饭店。至此，我又得到一枚"路盲"事迹勋章。

　　妻子说，我还有一种走过即忘的景点错置本领。有一次我们去欧洲旅行，在西班牙玩到第八天时，前面六天的行程记忆已经变得模糊。心想教堂、宫殿、城堡怎么如此相似？以致走过了阿尔罕布拉宫、圣家族大教堂、马德里皇宫等景点，也是"船过水无痕"。回家不多时，再翻阅旅游照片，我竟然把法国香波堡误认为舍农索城堡，把英国的绿头公园说成是海德公园，莎士比亚故居与卡夫卡故居也分不清；西班牙的哥多华、塞维亚、格拉纳达也都感觉很相似。妻子又不得不颁发我一枚"景点大风吹"的勋章。

　　即使我在旅行中表现得如此迷糊，但对旅行的兴趣却依旧不减。想想妻子对我这种迷糊状态的宽容，我决心"痛改前非"。此后，我开始勤做笔记，系统性地整理旅游景点的历史背景，并深刻观察当地的地理风貌与人文风景。近日，我又向妻子提出下一个旅游景点——新西兰，并保证出发前一定做好功课。这次绝对不会把南半球当作北半球，也不会有景点错置的情况发生！

故事启迪

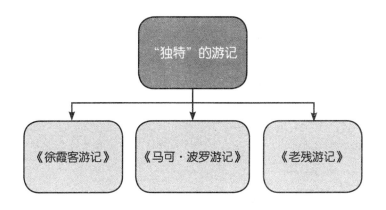

一、在旅途中找到说故事的灵感

将自己旅程中的窘境、糗事幽默融合在旅行见闻中，赋予旅程"独特"的意义。故事可以是一个特殊事件或经历，也可以是经过情感包装的情境，能让听故事的人采取行动。

有些人越旅行越孤单，有些人越旅行越丰富。旅行本身并不能帮你解决任何问题，旅行只会磨炼你看待世事的心智。

如果不出去走走，你或许会以为这就是世界。旅行的有趣，有时在于找一个对的人同行，有时也在于可以敞开心扉认识新朋友，了解异国文化。其间，如果还能系统性地整理、学习不同景观的历史背景，深刻观察地理风貌与人文情怀，那么旅行会变得更加有趣。

亲身经历过，你才能讲出精彩的故事。你的所见所闻所感，都是你说故事的灵感源泉。将见闻记在心里，将感受融入自己的记忆，你便能讲出精彩的故事。

二、讲自己亲身经历的故事才更有感染力

你经历过的故事才是你独一无二的故事，这是别人很难复制的。做一个有心的人，用观察的眼睛、真诚的心灵看这个世界。说你的故事，成为独一无二的你自己。

06 抓住人的需求来讲故事

　　故事的结构分为开头、中间、结尾，分别代表背景、行动、结果。纵使他人有不同的解读，也要确保你的故事符合你想传递的价值。

我们四面受压，但不会被困住；出路绝了，却非绝无出路；遭受逼迫，却不被撇弃；被打倒了，却不至灭亡。不要被过去的包袱局限住，要勇敢迎接未来。

　　每次与太太一起散步或旅游，她那细腻的心与观察的眼，总是让我惊讶不已，自叹弗如。曾经我们漫步在大安森林公园旁，她突然惊喜地仿佛发现新大陆一般，告诉我说："你看，你看，木棉开花了！"我仿佛从沉睡中惊醒，问道："在哪里？"她指着高高的树上说："在那里！"

　　曾经我们徜徉在台南亿载公园，她突然如获至宝地对我说："你看，你看，黄花风铃木开花了！"我又好似大梦初醒一般，问道："在哪里？"她指着高高的树上说："在那里！"

　　曾经我们悠游在阳明山国家公园，她喜滋滋地提醒我："你看，你看，台湾蓝鹊！"我仿佛被地震摇醒，问道："在哪里？"她指着高高的树上说："在那里！"

　　逐渐地，我意识到：有时即使睁着眼睛，也不一定看得见、看得清事物；只有用心去看，才能看见一切。回顾自己的人生，我仿佛低头与平视的时间较多，抬头与环顾周遭事物的时间较少。我有一位热爱生态的摄影家朋友，为了拍一只诸罗树蛙的照片，不知道给林中的小黑蚊子捐了多少血；还有一位远在加拿大定居的好友，喜欢徜徉大自然，观赏动植物，每次与我分享大自然的山水风情、鸟兽虫鱼之乐时，我都只能聆听、点赞，无法回馈和分享。所有这些让我感到：只有具备观察的眼、好奇的心、倾听的耳，人生的视野才能更加辽阔！

　　后来，每当我在自家小区看到树木的说明牌示时，都会饶有兴致地关注与认识：肉桂、七里香、大叶榄仁、小叶榄仁、旅人蕉、阿伯勒等。即便走在路上，我也会抬头看看路边的罗汉松、桂花、台湾五叶松等植物。在学习观赏植物的同时，我也爱上了旅行，并开始喜欢聆听山中的蝉鸣、鸟叫与溪水声。日前，我去溪头园区游玩，园方精心设计了认识植物的闯关之旅，我觉得格外有趣。从溪头园区走到神木，两个小时的路程，我边走边拍照，认识了裂叶秋海棠等许多植物。在凉亭歇息时，还看到了不怕人的松鼠和向我们乞食的薮鸟，为原本单调的林中漫步增添了不少乐趣。走到溪头神木景观区，我仔细了解了那棵高约38米，大概有2800年历史的神木，其已被测知中间空虚，早已为无用的呆木，所以才能保留至今。

后来，我去了杉林溪附近的忘忧森林，探索了那个"九二一"地震后形成的堰塞湖；我从南投县集集搭乘支线火车到车埕，看到了巍峨的山景，也知道了原来在这条集集线的终点站，有一个这么美的地方，它还有个别称——"最后的火车站"。

就像《小王子》中，狐狸对小王子所说的："这是我的一个秘密，再简单不过的秘密：一个人只有用心去看，才能看见一切。因为，真正重要的东西，只用眼睛是看不见的。"一方面，亲近大自然让我纷乱的心变得慢下来，就像古人所说的，"鸢飞戾天者，望峰息心；经纶世务者，窥谷忘反"；另一方面，我也领悟到，同理关怀之心可以让我们与大自然和谐相处，共存共荣。

故事启迪

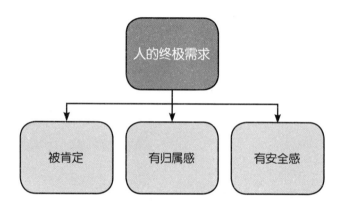

一、故事结构

只讲一个特殊的事件，而且前后有因果关系，这就要有一定的故事结构。故事结构包括开头、中间、结尾，分别代表背景、行动、结果。

二、故事剖析

背景：受到太太启发，我懂得了只有用细腻的心与观察的眼，才会看到木棉花和黄花风铃木。

行动：在从溪头园区走到神木的两个小时中，与朋友分享了彼此的生活趣事与价值观，边走边认识了裂叶秋海棠，看到了不怕人的松鼠和薮鸟，还有高约38米的神木，为原本单调的林中漫步增添了不少乐趣。

结果：观察的眼、好奇的心、倾听的耳，让我在亲近大自然时，学习沉淀纷乱的思绪，也让我领悟到，同理关怀之心可以让我们与大自然和谐相处，共存共荣。

三、学会用真情讲故事

拥抱故事多年，我总认为，当对大自然抱有关怀之情后，对人也会有关爱之心。

07　触景生情是故事最好的灵感来源

故事中，我们可以尽量铺陈，也可以点到为止，就好似"轻拢慢捻抹复挑"的弹琵琶手法。在春夏秋冬的季节变化中，通过不同的表现手法，掀起喜怒哀乐的记忆涟漪，这些故事将吸引我们到达不同的境界。

目标是一个有底线的梦想。我愿意忍受孤寂与挫折，抗拒诱惑与不安，面对迎面而来的挑战。

今夏，原本要去海滨山巅，享受阳光的亲吻，但日日超过36摄氏度的高温，让我打消了日光浴的念头。整个岛屿像似火球一般炎热，我迫不及待地渴望秋天的来临，至少白露、秋分能消解眼下的酷暑。

我尤其喜爱"白露"，夜凉后水气凝结成露，一颗颗白亮晶莹的水珠附在农作物上面，让人产生浪漫的遐想。《诗经·蒹葭》篇中也有与白露有关的诗句："蒹葭苍苍，白露为霜。所谓伊人，在水一方。"河边芦苇青苍苍，秋深露水结成霜，思慕爱恋之人，仿佛在水中央可遇而不可求。我对于秋天的印象始于儿时。在清凉如水的夜晚，我趴在妈妈的背上温暖地酣睡，沉浸在秋的呢喃中；每逢中秋之夜，爸爸会在小庭院中摆下一张小桌子，放上月饼、柚子、茶水，好不惬意。虽然没有"轻罗小扇扑流萤"的趣味，却有"天阶夜色凉如水"的恬淡。

高中时，我喜读诗词："少年不识愁滋味，爱上层楼。爱上层楼。为赋新词强说愁。"后来又读到"秋风秋雨愁煞人，寒宵独坐心如捣"的诗句，知道了巾帼英雄秋瑾女士的悲壮事迹。那时，也有许多记载五四运动的书籍，极大地激发了我的家国情怀。

所谓"人不痴情枉少年"，进入大学后，我开始了自己的初恋。爱情翩然喜悦地在春天降临，却又怅然地在秋天离开。深秋时节，我的心就像飘零的落叶，渐入寒冬，空留残梦独自咀嚼。

那个时候的秋天对我来说，是如此的凄凉。

进入职场后，某次我出差去苏州的寒山寺，想起那句"月落乌啼霜满天，江枫渔火对愁眠"的诗句，似乎体会到了诗人张继在写这首诗时悲凉孤寂的心情。于是，我效仿古人，望月抒怀："露从今夜白，月是故乡明。""海上生明月，天涯共此时。"

而今年过半百，鬓已星星，我更加喜爱南宋辛弃疾的词："而今识尽愁滋味，欲说还休。欲说还休。却道天凉好个秋。"千帆过尽，我虽未能达到"世事洞明皆学问，人情练达即文章"的境界，但"春有百花秋有月，夏有凉风冬有雪；若无闲事挂心头，便是人间好时节"，这种心境促使我珍惜眼前，写下活出美好的秋诗篇篇！

故事启迪

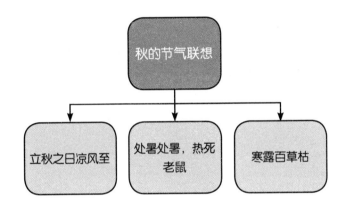

一、触景生情是最好的灵感来源

抬头观察自然、仰望星空吧！触景生情是故事最好的灵感来源，尤其是在四季交替中感受二十四节气的变化，更能体会到大自然的点点滴滴。

独处，聆听内心的呼唤，更能激发人的灵感。老子曰："五色令人目盲；五音令人耳聋；五味令人口爽。驰骋畋猎，令人心发狂；难得之货，令人行妨。"意思是，过分追求视觉的享受，最后反而眼花缭乱，无法分辨色彩之美；过分追逐音乐的享受，最后反而使听觉麻木，无法辨别音乐之美；过分追寻味道的享受，最后味觉疲乏，食不知味。过分纵情于骑马打猎，会心神不宁，魂不守舍；过分追求奇珍异物、金银珠宝，会使行为偏差，行伤德坏，身败名裂。可见，老子知道人性的弱点，纵情娱乐享受，追求锦衣玉食，都会给人带来损伤。

二、说故事的重要性

作家杨照说：喜爱故事是天生的，然而生活的规律反复磨损了我们对于故事的敏感，同时也弱化了我们说故事的本事，如果能重新培养说故事的能力，那就能够在故事贫乏的时代，刺激创意并创造价值。

08　随时随地通过"自由书写"与心灵对话

　　"自由书写"练习是说故事的前奏曲,是心灵的秘密花园。"自由书写"帮助我们表达深层思想与情感,借由观察、书写、思考、阅读、分享的循环圈,无形中提升联想力、灵感与创意,从而促使我们成为会说故事的人生赢家。

我要走出舒适安逸圈,迎向变革。驱动力让我超越现况,让梦想变为可能。

　　一位在大学任教的好友告诉我，她曾指定学生撰写一篇一百五十字的心得报告，大部分学生都觉得困难，勉强完成。学生们在撰写过程中，不是思绪打结就是不知所云。

　　朋友提到的这个现象，引发了我极大的兴趣。首先，我发现在数字营销当道的时代，泛滥肤浅的信息霸占了我们的眼睛，以至于我们花了太多时间"看"信息，却花了太少时间"想"事情，"写"心情。

　　其次，不仅学生写心得，就连我们说心情、聊心事都力不从心，意愿缺乏，以致深层的思想与情感不易表达出来。因此，身为一位"传道、授业、解惑"的企业培训讲师，我决定积极探索这个问题。

　　某次，我在为企业授课时问台下的学员：世界上速度最快的是什么？是子弹列车、超音速飞机，还是光速？结果，我们得到的共同答案是：人的心思意念！人的心思意念，刻变时翻，有可能这一秒"爱之欲其生"，下一秒"恶之欲其死"；人的心思意念，有可能"人在曹营心在汉"：此刻眼睛望着你，心里却想着她；人的心思意念还可以借着神游，飞上银河星空，沉入最深的海底，跨越时间和空间，难道这不比航天飞机、火箭、光速还要快吗？

　　因此，我对学员说：如果我们能把心中所想，或头脑中的第一意念写下来，而且是无拘无束地写下来，那么在尽情挥洒的过程中，自己喜、怒、哀、乐的情感也就自然流露了。因为，当我们心情郁闷，但找不到适当的人倾诉时，最简单的方法就是说给自己听，写给自己看。通过与心灵对话的"自由书写"（free writing），与深层的自我相遇，启动高感性与高关怀，这也能让我们成为一个会说故事的人。

有学员露出狐疑的眼光，问道："老师，难道不用担心把自己的心情写出来，别人看了会嘲笑吗？"我说："除非你愿意分享给他人，否则你可以选择只给自己看，或只与亲密好友分享。"因为笔随心走的"自由书写"，是你心灵的秘密花园，你可以只向挚友敞开。

台下的学员听得入神，迫不及待地想学习。于是我请他们拿出一支笔、一张纸，先闭上眼睛，沉淀心情，默想这一周、前一天或当天所发生的事情。接着，在纸上写下自己最想说的话，可以是当下的思绪、某件事的发生过程，也可以是某段难忘的经历。用笔书写自己的心和思绪，不需要多长时间，内心的声音就会被你挖掘出来！

教室开始安静了，学员们奋笔疾书，专注投入。约七分钟后，我请大家自由分享。有位学员告诉我："老师，真没想到只要一支笔随心走，就可以抒发我抑郁的情绪，慢慢将问题厘清，找到新的方向，重新出发。"

我回应说："的确，这种'存在性的相随'能够让自己独处时不寂寞，痛苦时有宣泄，感触时有记录，可成为陪伴自己一生的随身宝。尤其，当没有人爱你、理你、捧你、哄你的时候，笔随心走，可以帮你建立信心，走出低谷；当有人恨你、怨你、害你、骗你的时候，笔随心走，可以帮你擦干眼泪，认清人性，走向属于自己的美丽人生。"我进一步引导学员："通过一支笔，我们还可以与古人神游，角色互换，畅谈一番。"

学员面露不解，我补充道："我们可以跨越时空，将自己融入想象的情境中。当你壮志未酬时，可以通过'自由书写'，在纸上与曹操青梅煮酒论英雄；当你孤独寂寞，有感而发时，可以通过'自由书写'，在纸上与李白对影赏月，与杜甫共看'月涌大江流'，与白居易共赏琵琶行。"

学员立刻呼应说："太棒了！当我情场失意的时候，只要笔随心走，便可以邀陆游唱上一曲《钗头凤》；伤别离时，也可以约一下柳永，到杨柳岸看晓风残月，听寒蝉凄切！"

于是，这堂课我们通过"自由书写"知道了什么是"快思慢想"：快思是灵感泉涌而出，创意油然而生；慢想是仔细思考，逻辑推理。营销企划人员、创意工作者、主管干部在构思提案、筹划策略时，可以通过"自由书写"激发灵感与创意，化解肠枯思竭的窘境。

下课前，学员们兴致勃勃，我再次提醒：随时、随地，都可以通过"自由书写"，与心灵对话，或许找个金星伴月的夜晚，更容易让自己畅所欲言，挥洒思绪。

故事启迪

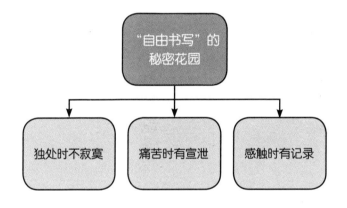

一、避免思维、阅读与表达能力钝化

统一集团前总裁、"三三会"①顾问林苍生提到：21世纪的现在，是网络密布、电磁波弥漫的时代，除了看得见的变化，还有看不见的潜移默化，例如，生活方式、书写方式的变化，以及思考方式的现实化。可以看出，人类意识在改变，而且是在往钝化的方向改变。那么，我们能改变这种趋势吗？

① "三三会"于1999年由江丙坤和辜濂松发起，汇聚了最具实力的台湾企业，被称为"台湾最富的企业家俱乐部"。

　　"往钝化的方向改变"提醒我们要注意，自己花了多少时间"看"手机，多少时间"想"事情、"写"心情。这摧毁了我们的阅读习惯，让我们的写作能力变得低下。对此，我们可以通过"自由书写"来避免思维能力、阅读能力与表达能力的钝化。

二、什么是"自由书写"

　　如果故事又臭又长，谁愿意听呢？如果故事哀怨又灰色，负面又沉痛，谁愿意听呢？那就说给自己听吧！这就是"自由书写"。"自由书写"类似信笔涂鸦，随时、随地写下心情的点滴，文字、图像都可以。书写本身就可以激发灵感，心灵的"自由书写"更可以与深层的自我相遇。因此，当你肠枯思竭时，立刻动手随意书写就对了，许多灵光乍现的思维与想法就隐藏在"自由书写"之中。

三、"自由书写"练习是说故事的前奏

　　你的名声与形象是别人听到你的故事后，拼凑起来的。"自由书写"练习是说故事的前奏、心灵的秘密花园。现在开始，在纸上写下自己最想说的话，包括当下的思绪、事件发生的过程、某一段难忘的经历，让笔带着你的心和思绪走吧！

09　回忆是你最好的故事源

　　在生命的转角处，我们曾与一些人不期而遇，将自己熄灭的心灵之火再次点燃。面对死的哀痛，开启生的契机，故事让人由困难中吸取经验，由痛苦中了解人生，为生命找到高贵的出口。

我问自己：当年华老去时，我何以为伴？我终于找到了答案：是回忆！是故事！是回忆中一个一个浮现的故事。人生即故事，故事即人生。

　　享寿九十六岁的作家罗兰离世了。媒体的报道，唤起我高中时期那段与罗兰结缘的记忆。

　　那时我就读于人人称羡的顶尖学府，但明星学校的光环并未让我快乐，家庭气氛的不睦，让我终日惶惶不安；高二分科时，我屈从世俗的眼光，放弃对文学的热爱，选择了理工科；还有一段初萌的恋情也在这个时期戛然而止。面对不尽如人意的困境，还有繁重的课业压力，十七岁的我尝尽了苦涩的滋味。

　　直到有一天，我在书店看到了《罗兰小语》，书中的一段话："能克服困难、超越痛苦，由困难中取得经验，由痛苦中了解人生，这都是生活上的成功。"我在心中诵读再三，立即买下了这本书。但即使每天捧读书中的珠玑语录，仍无法消除心中的悲苦愁烦，因此，突然心生一念：何不写信给罗兰女士？

　　于是我化名为"俞鹏飞"（向往展翅高飞），利用学校的班级信箱，写了一封倾诉忧闷的信，寄给心目中慈祥的罗兰阿姨。

　　日子一天天过去，我也忘了此事。直到有一天，我竟然在班级信箱里收到了罗兰的亲笔回信，写了满满的三页纸。其中有一段话是这样说的："始终都有人对人生抱有乐观和赞美的心情，因为他们知道人生有苦和乐两面，由苦中提炼出来的快乐，才是胜利的凯歌。"我当时的兴奋之情简直无法言喻，感觉这世上终于有一个人愿意给我温暖的回应，这是多么珍贵的情意。自此，那封信成了我奋力向前的动力。

　　时光悠悠，三十年后我已步入中年，有一天突然在报上看到一则消息，得知罗兰女士八十余岁仍笔耕不辍，还常到图书馆阅读并搜寻旧报的信息。我兴奋地通过出版社表达想去看望罗兰女士的愿望，但出版社或许基于安全考虑一直没有回音。又过了七年，日前我在媒体上看到罗兰女士过世的消息，心里不胜哀伤。

　　在人生的道路上，总有些时候心中的熊熊烈火会突然熄灭，然而，就在生命的某个转角处，不期而遇的一个人，却能将熄灭的心灵之火再次点燃，诚如罗兰女士之于我。对于罗兰女士，我将永远怀念感激。

故事启迪

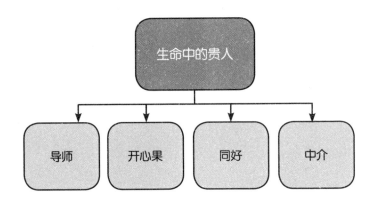

一、善用回忆讲故事

我们走过的路，都是我们的人生经历。当回忆往事的时候，总会有很多故事让人印象深刻。每一个故事都是自己的，做自己故事的主角，讲最动人心弦的故事。

寂寞的世人，总想找一个能够倾心吐意的倾听者。如果还能得到安慰，更是喜出望外。罗兰女士，谱写了九十六载的人生交响曲，虽然生命的乐章会休止，但镌刻在心中的声声音韵不会被磨灭。我不会忘记自己在不经意间有过这样一个故事：在青少年的彷徨岁月，写了那封强说愁的诉苦信，当收到罗兰女士满满三页的亲笔回信时，那犹如及时雨的鼓励，让我的内心充满了感激。《罗兰小语》带我走入她的文字世界，鼓舞了我的信心，也激昂了我的意志。

二、让自己成为一个有故事的人

所有的经历都是我们宝贵的财富和故事源泉。我们要善于观察生活，记录生活，积攒属于自己的故事。当讲故事成为你的思维方式时，你的人生将会更加精彩和顺遂。

> 为了使人生不至真的幻灭而成为冷寂的虚空，我们一定要有一种故意不去看破的执迷；这就是认真……
>
> 不要对人类失望，我们生就这个样子。有优点，也有缺点。有可爱的地方，也有令人失望的地方，能承认这些，我们才可以用宽容的态度来对待人生。对人生太苛求是不会快乐的！
>
> ——摘自《罗兰小语》

Chapter 2
故事技巧：
如何讲好一个故事

故事中千山万水的转折，就是"英雄"打败"敌人"的冒险过程。

你有多么认真地对待人生，就可以走出多么精彩的故事。

故事，让我们在生命的转角处，

与一些人不期而遇，

再次点燃已经熄灭的心灵之火。

10　用真情打动听众

　　故事主题都是根植于永恒的人性冲突和渴望中。故事阐释人际关系：与自己、他人、社会对话的关系。心痛才会心动，心动才会行动。你最不想说的故事，其实最吸引人，这是故事背后的故事。

我并不完美，但我拥有改变的力量。那是想象力、幽默感与同理心，还有面对挫败的勇气与扬帆再起的信心！

　　期盼已久的西班牙旅行，终于在千呼万唤中悄然来临。十二天的旅程对于我和老伴而言，也算是一个考验。毕竟已经年过半百，老伴一直为骨质疏松、膝盖酸痛所苦，然而似乎只要一外出旅行，膝盖酸痛就会不药而愈，人也变得精神起来。在这次旅行中，老伴表现得非常愉快，脸上一直洋溢着幸福的笑容。

　　经过约十七个小时的飞行，加上三个小时的转机，飞机终于抵达首站巴塞罗那。当天，我们游览了圣家族大教堂及其他一些景点，晚上饱餐过后，二人拖着疲惫的身体入驻酒店。当晚洗澡时，我突然感到肋间神经剧痛，细查一看，前胸后背竟出现了带状的红肿水泡，疑似为带状疱疹（俗称蛇皮），既痒又痛。老伴一看，吓了一跳，即刻打电话给她的妹夫医生，经描述后认定为带状疱疹，需要购买某某涂抹药剂。可想而知，我的旅游兴致即刻全消。

　　第二天，我咬牙苦撑着疼痛的身体，强颜欢笑地跟着行程走。团员中几位好心的大姐、阿姨，得知我的身体不适后，纷纷拿出普拿疼、香精油、维生素等帮我消痒止痛，让我感到十分温馨。团员中的明枝大姐是一位退休的音乐老师，她知道我也喜欢弹钢琴，就与我特别投缘。我们的话题很多。她幽默风趣地扮演团队里的开心果，并对我的身体表达了特别的关心。

　　有了这份关心，身体神经虽然依旧疼痛不堪，却让我有了苦中作乐的支撑力。老伴还戏谑地说，拍了我几张强颜欢笑的照片，竟然比平常不生病时还要英俊可爱。这时我才发现，原来此趟旅行最美的风景不是教堂、风车与斗牛竞技场，而是这些好朋友们情真意切的关怀。我将延续这份珍贵的情谊，并永远感激在心。

故事启迪

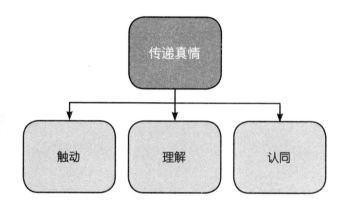

一、一个好故事的重要元素之一：真情

如果一个故事没有情感在里边，就会显得空洞乏味，让人没有听下去或者读下去的欲望。在现在这个信息随处可见的时代，我们需要的不再是信息本身，而是信息里的真情或者说是信息背后的含义。我们需要一个故事来解释信息的含义，这能让人有一种参与感。试想一下，一个只跟你说干巴巴的信息的人和一个用故事告诉你这个信息的人，你更愿意听谁的呢？让人感受其中的真情，才更容易接受你所传达的信息。

二、只有真情才能换真情

抵达西班牙的当天晚上，我身上长出了带状疱疹，因此情绪受到极大波动。在为期十二天的旅途中，我强颜欢笑，苦中作乐，竟写下了这首心情之诗：

蛰伏的鹰

一次次鹰扬万里的恣意翱翔，享受御风沉浮的快感，

它总是纵情耽溺于掠食者的技巧，

但就在那一次俯冲猎物的刹那，

被猎人无情的子弹伤得很重。

它独自饮泣着舔舐着渗血的翅膀，

原以为历经那次四十岁的蜕变，自己已经成熟长大。

更轻易地相信那段脱胎换骨的重生传说，

就是那个被传颂的将钝爪、老喙和沉重羽翼磨利更新的神话。

这次被猎人伤得很重，

此刻它看着一双颤抖的利爪，早已不听使唤。

往昔锐利无比的眼神，此刻尽是忧伤，

到底是传说的谬误，还是自己太轻忽险恶的猎人。

那猎人早已准备多时，布下一个个网罗，

这次被猎人伤得很重，但领悟也很深。

虽然它在岩壁洞穴中，蛰伏已久，

但在疗伤止痛的历程中，它一直在等待，

等待下一个上升的气旋，

再次展翅翱翔，鹰扬万里。

2015年10月23日写于西班牙　赫雷斯

　　我把自己的真情实感融入我的故事中，每当我跟别人提起自己的这段经历时，我都会把朋友对我的关怀讲得深情动人，别人都羡慕我有这样贴心的朋友。他们甚至会想到自己与朋友的故事，并与我分享。

11 说有人情味的故事

快乐的节日是引发故事的最好触媒，有欢乐、悲伤及省思。用"觉醒"召唤听故事者的口碑，让别人替你传扬故事。

美丽的鲜花是大地托住的；快乐的鸟群是森林托住的；我们的梦想是团队托住的。

　　平日里看新闻，收到的尽是冲突纷扰的信息。不过每年圣诞节前夕，气氛却大不相同。各店家摆设出缤纷装饰的圣诞树，再加上温馨的圣诞音乐，总能让心灵感受到一份宁静祥和。因此，即使年过半百、从不参加狂欢派对，我却一直喜欢圣诞节的气氛。

　　孩童时期，我常幻想有一天，那个穿着红衣红裤、戴着红帽，有着雪白大胡子的圣诞老公公会驾着超炫的红鼻驯鹿飞天车，在圣诞夜降临我们家，为我送来一份惊喜的礼物。

　　父亲听我诉说愿望后，为了满足孩子的期望，在经济拮据的情况下，他每年圣诞节都不忘为我们制造一个"惊喜"。他会乔装成圣诞老人，等待夜晚我们三兄弟熟睡后，偷偷地在三个"小萝卜头"的枕头旁放上一份神秘的礼物。隔天我们起床后，会欢喜蹦跳地一起拆礼物。有时是拐杖糖、巧克力，有时是蛋糕饼干。在物资匮乏的年代，这些零食对孩子来说简直是一种奢望。父亲看着三个"小萝卜头"发现礼物时的惊喜表情，总会对自己的精心设计露出扬扬得意的笑容。

　　有一年圣诞夜，我睡到半夜迷迷糊糊地起床，突然眼前一亮，我发现枕头旁有一份包装精美的神秘礼物。打开一看，竟是我最爱吃的巧克力。此时，好吃的我先将自己的那份巧克力吃完后，又贪婪地伸出小手将哥哥和弟弟的巧克力也一并清空。吃得牙齿与嘴角尽是咖啡色，然后我满足地倒下头，继续呼呼大睡。

　　隔天早上，因怕事迹败露，我刻意最晚起床。只听哥哥、弟弟看着空包装纸，气愤地大声质问："谁把我的巧克力吃光了？"我还故作不知情地揉揉惺忪的睡眼，说："会不会是被老鼠吃掉了？"但当他们指着我满嘴的巧克力残渣时，我也只好俯首认罪了。

　　这段记忆至今仍是家庭聚会时常被提及的糗事，而我更感谢当年用心良苦的父亲带给我们的一个个难忘又惊喜的圣诞夜。

故事启迪

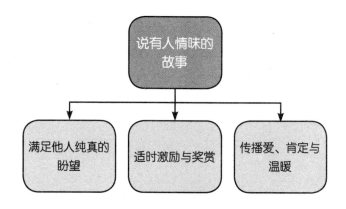

一、由圣诞夜想到的故事

寒冷的圣诞夜总能令人产生无限的遐想。至少我会联想到两个故事：丹麦著名童话作家安徒生的《卖火柴的小女孩》，以及英国伟大作家查尔斯·狄更斯的《圣诞颂歌》（或译《小气财神》）。

《卖火柴的小女孩》讲述了这样一个故事：

在一个寒冷的圣诞夜，一个可怜的女孩在街上卖火柴。女孩瑟缩在墙角，点燃火柴来温暖自己，她在火光中看到一些幻影，包括圣诞树和圣诞大餐。她害怕父亲，因为如果卖不掉火柴，父亲会殴打她，因此她不敢回家。此时她见到天空中有流星划过，便想起祖母的话，流星代表着人的死亡。当她划了下一根火柴后，她看见了自己的祖母，那是唯一对自己仁善的人，为了维持祖母的幻影，她不断地划亮火柴。就在这举杯共庆的圣诞夜，女孩燃尽最后一根火柴后去世了，但她嘴角却带着微笑，她的祖母把她的灵魂带到天堂。安徒生的这个故事表达了对穷苦人民悲惨遭遇的深刻同情，以及对当时社会的不满。而我最深的领会是："那唯一对自己仁善的人，将是让自己再站起来的力量。而你永远不会缺乏对自己善的人，因为至少你一定要喜欢自己，友善地对待自己。"

《圣诞颂歌》的故事是这样的：

主角斯克鲁奇（Scrooge）具有一种极端贪婪、极端吝啬的性格特征，凄厉的寒风也比不上他的冷酷。在一个圣诞夜，他被三个圣诞精灵造访，它们分别是"过去之灵""现在之灵"和"未来之灵"。"过去之灵"让他看到在孤单寂寞的童年生活中，他的姐姐对他备加关爱的情景，以及他当学徒时，仁慈善良的老板在圣诞之夜和大家一起开心跳舞，款待员工的情形。"现在之灵"让他看到自己的一个穷困部属，他们家里没有圣诞礼物，没有火鸡，可每个人脸上都洋溢着幸福的微笑。"未来之灵"让他看到自己衰老之后卧病在床，连圣诞节也没有亲人朋友来看望的孤苦景象。于是，他开始重新思考生活的意义，最后发现，原来"施"比"受"更快乐。故事渐渐唤醒人性的另一面——同情、仁慈、爱心及喜悦，也让人有了弃恶从善的转变，那固有的自私及冷酷迅速崩塌，消失殆尽，开始学习变成一个乐善好施的人。

此外，还有一个关于冰岛的圣诞节的传闻，是冰岛自助旅游达人吴延文告诉我的：

冰岛的圣诞节足足有半个月之久，这是因为这里有13个圣诞老人。圣诞老人们非常调皮，各具特色，从每年的12月12日开始，他们逐个从山上跑下来，到镇上捣乱，一直到12月24日圣诞夜。这十三个人捣乱的特色分别是：骚扰羊群、偷牛奶、偷吃剩菜、舔汤匙、舔锅子、舔碗、大力关门、优格小偷、香肠小偷、偷窥小偷、钩肉小偷、就是爱闻，以及12月24日最后一个蜡烛小偷。而等到12月25日圣诞节来临这天，这些圣诞老人就会以来时的顺序，一天一个地跑回山上，直到来年元月六日最后一位圣诞老人离开后，人类世界才算恢复安宁。

在每一个雨雪风霜的平安夜，圣诞老人不辞辛劳地爬入每一根烟囱，将每个孩子期盼的礼物投入壁炉上那些色彩缤纷的长筒袜中。而每个人，在他们的心中仿佛都隐藏了一份孩子般的纯真，期盼着圣诞老人的眷顾。

好故事都是有人情味的故事，会让人产生喜怒哀乐等情绪，所以才容易被人们牢牢记住。

二、引起共鸣的故事

故事的主体是人，因此我们在讲一个故事的时候想讲得生动，要注意传达人的情绪。故事能触动别人，其核心就是能真实地表达情感和人性，让听故事的人感到自己似乎有过类似的经历，引起共鸣。这样，你的故事就讲成功了。

12　用对话和肢体动作让你的故事更有吸引力

　　对话是故事里最吸引人的情境，这是连小孩子都会的说故事的方法。对话让故事产生画面，表达角色的个性、想法与感受，因此有了感性的内容。

对于生命我有很多的疑问，但是时间总是耐心地给我解答。因此我决定不再辜负时间。

铁民是一家设计公司的设计经理，他带领的团队多次在德国红点设计大奖（世界四大设计大赛之一，有"国际工业设计奥林匹克奖"之称）中取得优异成绩。团队常常接案接到手软，他们独特的设计风格，赢得了众多顾客的喜爱。其实在这背后，铁民有一个巨大的精神支柱，也是他的偶像——史蒂夫·乔布斯。

铁民欣赏乔布斯独具慧眼的简约风格，以及从客户导向出发的产品设计观点，这是铁民引以为傲的创新的秘密。

但除了师法乔布斯的设计理念，铁民无形中也模仿了乔布斯魅力、独断与个人式的领导风格。或许是这种领导风格移植不良，铁民的部属总是苦不堪言，终于在今年年初尾牙宴之后，团队中的好手纷纷离职。于是铁民的日籍主管设计总监——井上隆，与他有了一段对话：

井上隆："铁民，你的绩效不错，但团队成员似乎不太满意你的领导风格是吗？你知道团队成员纷纷离职的原因是什么吗？"

铁民："报告总监，我身为一个要求完美的设计主管，非常注重质量与纪律。因此，我将世界级的苹果公司作为我的学习对象，也学习乔布斯的领导风格。所以，在我眼中实在容不下那些在团队中浑水摸鱼的消极态度。难道这也错了吗？"

井上隆："铁民，我同意你厌恶团队中浑水摸鱼的观点，对其加以纠正是很棒的决策。我也记得你常提及很欣赏乔布斯的魅力、独断与个人式的领导风格，这并没有对或错；但是如果在这样的领导风格下，只注意绩效卓越，却忽略了部属满意，又该如何呢？"

铁民："您的意思是……"

井上隆："比如你在指正部属过错时，由于情绪失控，用词损及自尊心，因此无法给予部属适切的回馈；或者团队会议出现'一言堂'的现象，导致其他人不敢畅所欲言地讨论；还有，当你们有好的成绩表现时，是否忘了给予成员适当的肯定与鼓励呢？"

铁民："喔！是的，这次红点设计大奖中，我们能在五十六个国家的三千多件作品中脱颖而出，赢得大奖，多亏团队成员不眠不休的讨论与制作，但我竟然吝于给团员一些赞美鼓励的话。此外，我曾在大庭广众下怒骂、羞辱部属，伤害了他们的自尊心，这是我必须深自反省的。"

井上隆："是的，你可以发展出自己的领导风格，不一定是乔布斯的风格，否则容易落入'画虎不成反类犬'的困境。"

铁民："谢谢总监提醒。是的，就像库克（Timothy Donald Cook）接棒苹果公司后，似乎他的温文儒雅也能带领团队再创佳绩，感觉好像'英雄淡出，团队胜出'一般！"

井上隆："是的，每个领导者都有不同的领导风格，重要的是绩效卓越的同时，也要让部属感到满意。团队就像掌舵与划桨，那些高绩效团队在建立的过程中，都要在满足个人（satisfy individual）的基础上达成任务目标（achieve task）。"

铁民："谢谢总监提点，我现在领悟到：当你把荣耀归给成员，他们就会把掌声归给你。我要学习做一个好的领导者，就像一个好牧人要懂得用杖竿，指引群羊到可安歇的水边，享受丰盛的草场一样。"

故事启迪

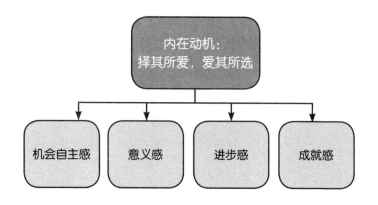

一、通过对话，体现"肯定赞美"的重要性

　　这个故事，通过对话体现了"肯定赞美"的重要性。在冲突对立的年代，常看到社群网络"铁粉变酸民"的现象，"爱之欲其生，恶之欲其死"。我们都很容易发掘他人的缺点，却吝于肯定赞美他人。安迪沃荷，普普艺术的开创者之一，他有句名言："在未来，人人都可成名15分钟。"在这"人人头上一方天，个个争当一把手"的年代，人人都想成名15分钟，这也是人们亟欲获得成就的表现。因此，领导者要能激发成员的"内在动机"

（intrinsic motivation），即机会自主感、意义感、进步感、成就感，让成员能够择其所爱，爱其所选。

二、如何通过对话和动作手势让故事更精彩

平铺直叙的故事，肯定不会有很多人愿意听。没有对话的故事，会让人觉得干巴巴没有吸引力。如果讲故事的时候能加入一些手势动作，那会让你的故事变得生动精彩。所以，要想让你的故事吸引更多的人，最好在故事中加入人物对话，或者结合故事特点加入适当的动作。

2013年9月，我受邀为三百多位幼儿园的小朋友说绘本故事。虽然我在企业内讲授"说故事营销""说故事的领导力""说故事学激励"已有多年的经验，但跟小朋友讲绘本故事却是头一回。我生怕砸锅，辜负主办单位的期望，心里忐忑不安，有些勉强。因此，特地找了一个绘本——《我变成一只喷火龙了！》（作者／绘者：赖马），仔细阅读，并揣摩故事的情节。

当天我搭了早班飞机飞往台东，当时感冒未愈，忽冷忽热，喉咙发炎加上头痛，一路上只能祷告，希望自己能发挥正常。终于来到了会场，看到幼儿园小朋友鱼贯入场，笑声不断，我头痛的症状似乎也好了许多。活动开始了，首先由县长夫人朗读故事，并带领参与活动的妈妈们，配合声光、服饰、道具，边说边

演，极为精彩。小朋友们笑逐颜开。看到这一幕，我不禁冷汗直流。因为我单枪匹马，没有任何声光道具与人员配搭，深恐在气势上输掉一大截，引不起孩子们的兴趣。

接下来换我上场，我硬着头皮装可爱，手舞足蹈地讲了起来：“好久好久以前，有一只会传染喷火病的蚊子，嘴巴尖尖长长，叫作波泰。波泰最喜欢吸爱生气的人的血。”没想到台下三百多位小朋友竟然也开始跟着比划起来，有模有样地学着蚊子。这给了我信心。于是我又接着讲：“古怪国的阿古力是一只高大的绿色怪兽，很爱生气，今天一大早，它就被波泰叮了一个包。阿古力非常生气，大叫一声，喷出了大火，哇！我变成一只喷火龙了！”小朋友们又立刻有模有样地学着怪兽喷火龙。至此，我终于与他们一起沉醉在故事的魔法中。同时，我也在小朋友一双双欢乐与好奇的眼睛中，找到了自信与鼓励。

那一天的情景距离今天已有四年多了，但我永远不会忘记孩子们给我的热烈掌声和他们那纯真的笑容。“每一个人在生命的某个阶段，都会有这样的经历：内心的火熄灭了。这时与另一个人的不期而遇，或许能让它重新点燃。对于那些能重新点燃我们心灵之火的人，我们将永远感激。”这是“非洲之子”史怀哲博士的一段话。对于那些能够重新点燃我心灵之火的小朋友们，我将永远感激，也真心祝愿每一位小朋友都有机会成为“小小爱书人”。

13　用故事撬开心中的锁

　　用故事撬开心中那把锁，带出情深往事的回忆。故事可以把一些难以表述的价值，栩栩如生地描绘出来，例如，逆转胜、不服输、明天会更好等。

人心忧虑，使心消沉；一句良言，使心喜乐。忧伤的灵使骨枯干，喜乐的心乃是良药。

日前在整理散落的钢琴谱时，一段青春的记忆突然浮现在脑海。20世纪80年代正是校园民歌传唱于大街小巷的年代。当时在新竹念大学二年级的我，也不落人后地赶着潮流，抱着吉他在学校宿舍里弹唱。从《瓶中信》《俏女孩》《让我们看云去》，唱到《归人沙城》《木棉道》《拜访春天》，每当唱到忘我时，前额波浪形的头发就会顺势一甩，总感觉能吸引无数清纯女孩的目光。多年后才了解，那种认知叫作"自我感觉良好"。

同学们常调侃我一副深情款款的模样，难不成要成为情歌王子？殊不知，"人不痴情枉少年"啊！其实，这种自弹自唱除了能在失意落寞时抒发情感，唱出胸中块垒，还能在成绩受挫、失去信心时进行自我疗愈。

上大学三年级时，法国钢琴王子理查德·克莱德曼弹奏的一系列流行风钢琴曲，为台湾掀起了另一股音乐风潮，而钢琴王子举手投足间所散发的魅力更让女孩们为之疯狂。一位同学只学了三个月的爵士钢琴，便可以左手负责和弦与节奏，右手负责主旋律，优雅地弹奏出《科罗拉多之夜》与《梅花》。他的演奏，激发我加入了学琴的行列，期待有一天也能像理查德·克莱德曼般散发迷人的魅力。学琴三个月后，我竟也能上手了，从经典老歌《月河》《小白花》《西湖春》《秋诗篇篇》，弹到理查德·克莱德曼的《梦中的婚礼》《给阿德琳的诗》等。虽琴艺不精，更不能成为理查德·克莱德曼第二，但快乐无比，也算是圆了小时候无法学习古典钢琴的梦想。

但是读研究生二年级时，我发现自己只要话说多了，声带就会疼痛。经医生检查诊断为声门闭合不全，医生嘱咐我要多休息，少讲话。这对一个二十四岁爱唱歌的阳光男孩来说，无疑是一个沉痛的打击。我的亮丽人生正要开始呢！更何况，那时我还是学校辩论代表队的成员，我喜欢与人谈天说地，论辩真理，难道这一切都要画下句点？

从此，我变得安静沉默，郁郁寡欢。父亲见我整日眉头深锁，于是决定给我买一架钢琴，让我在独处时，能借由音乐排忧解闷，走出情绪低谷。那时家境并不富裕，但父亲二话不说，花了九万五千元，给我买了一架全新钢琴。这架钢琴伴我走过了无数春夏秋冬。我弹了很多曲目，边弹边哼唱，或悲凉、或激昂、或欢愉，在每一个阴郁悲凉或阳光灿烂的日子里，情绪乘着歌声的翅膀不断飞扬。

忘不了当年与女朋友R感伤分手的那一天。回到家后，我立刻掀开琴盖，轻轻弹奏着那首印象合唱团的《不在乎的笑脸》，哼唱给远方的R听："也许你我早已注定要分别，我只能拥抱你的背影在窗前。曾听说，相爱都会在夏天，分手总是在忧愁的秋天。是否应该对你放弃了追求，给你一个根本不在乎的笑脸……你知我的心中根本没笑容……"

时光随着琴音点滴流逝，那架钢琴已从青春、壮年到中年，陪伴我至今。我在不同的场合为家人及朋友弹奏，每当打开琴盖，指尖在琴键上跳跃时，那一段段记忆就像老电影般在脑海中播放，不论美丽或哀愁……

故事启迪

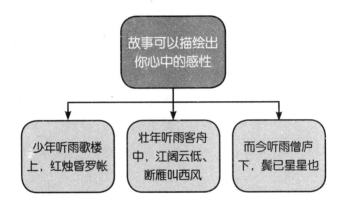

一、故事里包含了难以表达的情感

蒋捷的《虞美人·听雨》描写了不同时期听雨的心境："少年听雨歌楼上，红烛昏罗帐。壮年听雨客舟中，江阔云低、断雁叫西风。而今听雨僧庐下，鬓已星星也。悲欢离合总无情，一任阶前、点滴到天明。"

时光虽逝，记忆犹存，轻轻把窗门推开，往事又涌进胸怀。故事中弹钢琴的这一段记忆，让我感谢父亲的慈爱，在我失意沮丧时，他扮演了我生命中的贵人。

二、用故事打开心中的锁

有时候，人心里的锁是自己给自己上的。或许用一个故事便能打开你的心锁。

曾经有一个女学员给我讲了她自己的故事。她跟父亲的关系一直不太好，因为从小到大，在她的印象里，父亲总是脾气暴躁，导致家里常常硝烟弥漫。她一度以为他的父亲从来不爱她，但是一件小事改变了她的看法。大学一年级那年，开学前夕，她买了凌晨4点半的火车票，当天3点钟的时候父亲骑三轮车送她到车站，却发现母亲包好的一大包家乡特产忘记拿了。父亲二话没说，骑着车子就往回赶，在她上火车之前，满头大汗地出现在她的面前，把包裹交给她，只说了一句话："好好吃饭，注意安全。"然后扭头就走了。望着父亲远去的背影，她哭了。从今以后，她相信那么多年，是自己错怪了父亲。如今自己当了妈妈，有了孩子，有一次孩子的爸爸因为太忙而不能陪他，孩子很生气地说爸爸不爱他。她把自己的故事讲给孩子听，孩子慢慢理解了大人的世界，而她也终于对父亲释怀了。

三、让故事给予勇气

电影《超越巅峰》（*Soaring to Nu Heights*）讲述了这样一个故事：

媞莉（Tilly）原本是一只展翅翱翔于天际的飞鹰，却被当成小鸡来饲养，所有人都认为它无法飞翔。但主人告诉媞莉："你是老鹰不是鸡，你注定是要高飞的。"每个人心中都有一个巨人，你想成为什么样的自己？其实你早已具备能力，只是还没有勇气去突破。当情绪处于低谷时，我总是会想起《圣经》里的一句话："我们四面受敌，却不被困住；绝了道路，却不绝希望；遭逼迫，却不被撇弃；打倒了，却不至灭亡。"人生中有太多无奈，苦难是伪装的祝福，面对困境的态度与行动，能将苦难转为祝福。

故事说了千遍也不厌倦。功夫巨星李小龙曾说："我不怕一个人会一千种招式，我怕的是他把一种招式练了一千遍。"就像任何一位出色的音乐家、作家或艺术家，他们的卓越成就都不是一步登天、一夕成功的。一位出色的戏剧家，入行时必须经过上万个小时的锤炼，才能拥有基本入门的功夫。他必须天天揣摩，时刻观察，举手投足都在思考对悲喜情绪的诠释，才能让戏剧成为他的灵魂，最终凝练出自己的独门特色。从入门到功成名就，这一过程本身不就是他演绎出的精彩动人的故事吗？

14 让故事更加精彩、更有深意

　　人们总是为节日庆典编织动人的传说，并让它在风俗逸闻中不断传扬，让故事中抑扬顿挫的旋律在山谷与山峰之间回荡。

爱的反向不是仇恨，而是冷漠。我要发挥同理心和幽默感，让冷漠的冰山得以融化。

　　第一次对月亮产生情愫，是在童年一个秋凉如水的月夜里。妈妈背着我在庭院中散步，悠闲地抬头看着天顶的月亮。我舒服地趴在妈妈的背上，撒娇地摆动着小小身躯，竟不知不觉地睡着了。天顶的月亮仿佛也和妈妈一样，用它柔和的月光，呵护着我微微的鼾声，让我进入梦乡，不忍打扰。

　　长大一些后，我开始接触童话故事，嫦娥奔月、玉兔捣药、吴刚伐桂树等，都让我深深沉醉其中。

　　进入小学后，我在课本中有一次读到月饼的由来。相传元朝末期，中原人不甘忍受奴役，有志之士皆要起义抗元，为了避人耳目，刘伯温将传递消息的字条夹在饼馅内，上面写好了起义的时间。这个传递消息的饼就是月饼，民众借由吃月饼来广邀起义。

　　在我小的时候，每逢中秋节吃月饼，同学们还会搜集许多贴在月饼上的五颜六色的包装纸，上面写着豆沙莲蓉、五香火腿、椰子蛋黄等，我们拿这些包装纸玩猜拳的游戏。

　　进入初中后，我告别了无忧无虑的童年，面对升学的压力，那种对月亮的浪漫情怀已然骤减。但当我在课本中读到"举头望明月，低头思故乡""星垂平野阔，月涌大江流"等诗句时，又重拾了对月亮的美丽遐想，也体会到诗人在面对人生的悲欢离合时，将思乡与对国家民族的眷恋寄情于明月的心情。

　　高中分科时，我勉强选了理科，放弃了最爱的文学，心中怅然若失，但总不忘在每个沁凉如水的月夜里，效仿古人抒发情怀，吟诵"今人不见古时月，今月曾经照古人""举杯邀明月，对影成三人"等诗句。

进入大学后，我常与同学一边弹吉他一边放声高歌，恣意挥洒青春岁月，还时不时地畅咏几句李白的《春夜宴桃李园序》："开琼筵以坐花，飞羽觞而醉月"；以及苏轼的《水调歌头》："明月几时有？把酒问青天。"情窦初开后，苦尝失恋痛楚，我的心里又多了些许感叹，喜欢吟诵李煜的诗句："无言独上西楼，月如钩，寂寞梧桐深院锁清秋""春花秋月何时了，往事知多少？"

时光飞逝，进入职场后，每逢出差，我都会效仿古人望月抒怀："露从今夜白，月是故乡明""共看明月应垂泪，一夜乡心五处同"。

我对月亮的依恋延续至今。如今妈妈已经年逾九十，但在每一个临近中秋的时节里，我依然怀念小时候那一个秋凉如水的月夜，我趴在妈妈背上的温馨情景。

故事启迪

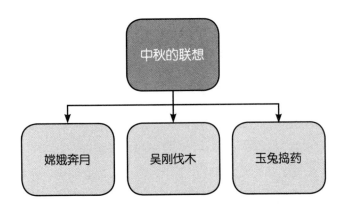

一、善用典故神话，让你的故事更加精彩

人们总是为节日庆典编织动人的传说，在风俗逸闻中不断传扬。比如，农历春节中"年"的故事、七夕节中牛郎织女的故事、中秋节嫦娥奔月的故事、感恩节的故事、德国啤酒节的由来，以及最受孩童欢迎的圣诞节的故事等，这些都是我们可以利用的素材。

二、引经据典，让故事更有深意

我们可以用诗词歌赋描绘故事中的情境，以增添几许浪漫的情怀，也更显意境深远。古希腊诗人西蒙尼德斯曾说："诗歌是会说话的图画。"优美的古典诗词，在传播的过程中会产生意境高远的效果，而且，一些古典诗词本身就是一则动人的故事，读之、诵之，可以让人体味人世百态，凭吊繁华与苍凉。

15　好故事的五项元素

故事就是"英雄"打败"敌人"的冒险过程，其中经历千重山、万重水的转折。故事中的英雄与敌人：克服障碍的救世主VS人性软弱的表征。

世上只有两种状态：一种是活着；另一种是怀抱勇气、勇敢地活着。勇气是面对恐惧、克服怀疑的行动能力。

妻子去年从广播电台播音主持的岗位上退下来，原本想借着依旧甜美的嗓音，接一些配音的工作赚些外快，怎知声带出现了沙哑现象，这让她沮丧了好一阵子。毕竟对于一个热爱广播工作，且在岗位上打拼了三十余年的工作者而言，这股热情不曾消减过，更何况她还得过三次广播金钟奖。

然而，上帝关闭一扇窗的同时，却打开了另一扇门。妻子从小喜欢美术绘画，虽然未曾正式拜师学艺，但是素描、水彩还是画得有模有样，尤其在我们恋爱时，她曾经用素描临摹我的一张照片，画得惟妙惟肖，至今我都爱不释手，一直保存珍藏。如今，她报了小区大学的水彩绘画班，心情愉悦多了，尤其在每周三晚上出门上课时，脸上的神情仿佛比中了彩票还满足。看见这些，我也替她感到高兴。

上课前，妻子兴致盎然地准备画板、颜料、纸笔，忙得不亦乐乎，好像小学生准备开学一般。在持续两年的水彩画学习中，从静物、人物到风景，她都学得很认真，慢慢地，奠定了绘画的根基。当妻子在家里的书桌上绘画时，从她铺纸、装水、挤颜料、调色，以及运笔的专注神情看，还颇有大师的风范。当然这旁边还有一个重要推手，就是嘴甜似蜜的我。我从不吝于赞美肯定，并且随侍在旁，扮演协助的角色。每次完成作品时，妻子都会流露出喜悦的神色，证明她在彩绘天地中找到了生活的乐趣。

有一回，她随手拍了一张阿伯勒树的照片，然后模仿照片画了一幅令我赞叹不已的作品。之后，林间小径、碧潭渡船、激水乱石、袅袅云烟、苍茫雪地、水果静物、野地猫熊等都一一呈现在她的画作上，成为家里赏心悦目的装饰品。我还打趣地说，要替她举办一个个人画展呢！

在妻子学画的过程中，我也潜移默化地被她影响，开始喜欢欣赏美术作品，并试图了解画家背后的动机或逸闻趣事等。诚如雕塑家罗丹所说："这个世界不缺乏美，缺乏的是发现美的眼睛。"我相信美丽的画作出自细腻的观察，而细腻的观察在于拥有一颗"真、善、美"的心灵，衷心期盼妻子能够一直画下去，在彩绘的天地中找到无穷的乐趣。

故事启迪

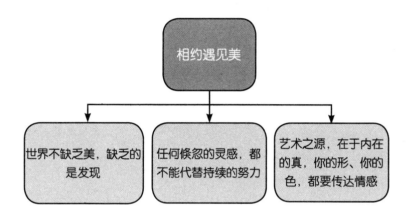

一、好故事的五项元素

美国好莱坞的著名编剧与导演，马士威与狄克曼，在《好故事无往不利》一书中提到，全世界每个人都在卖东西，产品、服务、理念、品牌、思想、观念等，而说故事能为你的理念诉求加上更动人的包装。作者提出了好故事的五项元素：激情、英雄、敌人、觉醒和转变。用英雄串连故事，用故事打造信任；英雄永远不缺让人惊奇的能力，英雄要赢得听众的信任；敌人促成故事的流动与弹性；敌人与英雄的互动，才能释放故事蕴含的情感。

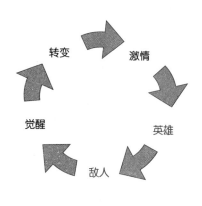

说故事的基本元素

二、故事解读

故事隐含"英雄"打败"敌人"的探险过程，对于本文："英雄"是妻子锲而不舍的学习精神；"敌人"是挑战不同画作的主题。故事如能创造快乐与喜悦，尤其是面临困境时的达观，由此产生境由心生的"转变"，就能激发行动，实现美好的人生。

三、一个故事，多样情怀，千般解读

听故事就像盲人摸象，每个人对故事里的角色都有自己的解读。这就是故事的玄妙之处：一个故事，多样情怀，千般解读。

作家王尔德说："这个世界上，好看的脸蛋太多，有趣的灵魂太少。"如果你碰到了一个有趣的灵魂，或许就是他的故事让你着迷。故事可以取代命令、说教、独白的沟通方式，让灵魂变得有趣。

16 激发正能量

　　故事凸显生命中共同的话题，具备强大的穿透力，可以跨越时间、空间的限制。纵使故事有着软弱、黑暗、空虚、梦幻、愁苦，也能找到刚强、明亮、踏实、知足、平安的出口。

当我开始放慢脚步，懂得观察自然与欣赏他人时，我发现：天空的蔚蓝、海洋的碧绿、蝴蝶的快乐、蚂蚁的忙碌。

某次我搭乘地铁，那天胡子未刮，戴着运动帽，神情疲倦。车上一位年轻的学生看到我，立即起身招呼我。起初我不知他的用意，稍后才恍然大悟：原来他是要"敬老尊贤"，起身让座给我。

我心里哀叹！天啊！曾几何时，我还是朋友眼中的青春少年，怎么转眼便成了垂垂老矣的阿伯呢？但算算自己的年纪，已接近耳顺之年，也算有资格坐一下"博爱座"了。无怪乎这几年朋友们聚会时，话题已从年少轻狂的青春浪漫，转为养生、健康、运动、养老及退休生活等。

犹记三十二岁那年，某天在办公室协助同事搬运物品时，突然感觉气喘吁吁，力不从心。这时旁边一位二十八岁的同事，带着戏谑的口吻对我说："你老了喔！"我才猛然惊觉原来"老"是相对的，在二十八岁的同事面前，三十二岁的我的确是老了。

人到中年日过午。现在，明显感觉自己已进入初老状态：这里痛、那里疼的日子越来越多，越近的事情越容易忘记，参加告别仪式的概率比参加婚礼还多。但我告诉自己：纵然肉体渐渐衰残，脸上皱纹、眼袋加深，苍苍白发不安分地陆续冒出来，职场影响力也从舞台中心渐次减弱，但我仍暗自期许要走出心灵阴霾，活出生命的色彩，学习做一个快乐与勇敢的银发族！

多年前，十七名平均八十一岁的患病长者勇敢逐梦，展开为期十三天的机车环岛之旅，不老骑士的故事传递给我们"热血追

094 | Chapter 2　故事技巧：如何讲好一个故事

梦，今天开始"的信息。

　　古有孔子"发愤忘食，乐以忘忧，不知老之将至"。今天我们面对年华老去，也可以在"揽镜自省"后重新出发，而非"顾影自怜"。

　　法国文豪雨果说："世界上最宽阔的是海洋，比海洋更宽阔的是天空，比天空更宽阔的是人的胸怀。"看待"老之将至"的正面积极态度，可表现在：乐观开朗的性格，相信儿孙自有儿孙福；或投身于公益志工，在奉献中寻得满满的快乐；或与三五老友泡茶聊天，写写书法，种种盆栽；或通过现代化电子设备，不断学习新知，自得其乐。

　　"枯木逢春犹再发，人无两度再少年"，万物都有生老病死，在荣枯更迭之间，无论欣欣向荣还是凋零萎缩，就像季节都有春夏秋冬的循环一样，死的衰败，才能带来生的契机。相信抱着"人老心不老"的正面心态，珍惜当下，才能让银发人生更有意义。

故事启迪

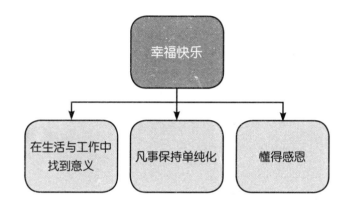

一、故事解读

本篇故事隐含"老当益壮"与"更幸福快乐"两个主题。首先谈"老当益壮"。唐朝诗人王勃在《滕王阁序》中写道："老当益壮，宁移白首之心？穷且益坚，不坠青云之志。"意思是：年纪老迈，但仍要情怀豪壮，岂能因为白发而改变心愿？境遇艰难，但更要坚毅奋斗，决不丧失直上青云的壮志。《后汉书·马援传》中说："男儿要当死于边野，以马革裹尸还葬耳！"马援在六十二岁时还主动请战，豪气干云，足令后辈叹服。

二、激发正能量

当你讲故事的时候，你是想传达积极的情绪还是消极的情绪呢？如果有人听完你的故事心情变得更加糟糕，想必对你来说也是很失败的事情。通过故事，激发听者的正能量，让对方表现出更好、更快乐、更幸福的状态，那么可以说你做了一件有意义的事情。

哈佛大学非常受欢迎的"积极心理学"导师塔尔·班夏哈，提出使人更快乐的秘诀在于：（1）在生活与工作中找到意义；（2）凡事保持单纯化；（3）懂得感恩。

塔尔·班夏哈引导人们学会如何才能"更幸福快乐"：

· 成功前，先学会失败。

· 慢慢减少该做的事，多换一点时间做想做的事。

· 善用眼前的快乐资源，让快乐良性循环。

三、让故事表现出好的一面

同样是探讨老人的问题，《不老骑士》笑泪交织的故事，记录了十七位平均八十一岁的患病长者，勇敢逐梦的环岛机车之旅，影片传递"不平凡的平凡大众""热血追梦，今天开始"的信息。令人感动的是，长辈们追逐梦想的活动产生了持续发酵的效果，弘道老人福利基金会于2017年再度带着长辈们挑战摩托车环岛之旅，向不老梦想致意。二十六位平均七十五岁的长辈于11

月初，再度从台中市政府出发，一路往南逆时针环岛，挑战1250
千米的长征之旅。

　　这就是一个很正能量的故事，老当益壮的激情可以激发听者
追逐梦想的热情。

17　感动自己才能影响他人

　　说故事要热血，感动自己才能说服他人。点燃激情，让他人知道你为什么要讲这个故事。

即使我没有聪明的智慧，也没有美丽俊俏的容颜，
但是只有你懂得欣赏赞美我。谢谢你！

那年我去了一趟心仪已久的德国，看到罗曼蒂克的童话大道、传奇华丽的新天鹅堡，以及翁郁浓密的黑森林，一路上我不断地按下相机快门，捕捉美景，实在难掩兴奋之情。

直到一天早上，导游神秘地告知我们，当天有一个特别的行程——参观一处距离慕尼黑16千米远的景点：达豪集中营（Dachau）博物馆。至此，我们的心情开始变得庄严肃穆。

这个达豪集中营是德国纳粹政府于1933年建立的，先后关押过反纳粹的政治犯、犹太人及身心障碍者，共计约二十五万人，有近七万人被折磨致死，直到1945年才被美军占领。

到了入口处，我看见漆黑的铁铸大门上写着那句臭名昭著的纳粹标语——"劳动使人自由"。走进营区，呈现于眼前的是大片的广场、低矮的营房及高大的树木。导游告诉我们，当时围绕集中营的是带有武装守卫的高塔、深沟及铁丝网，营房内还有毒气室、等待间及焚化炉。

进入文物展示中心，我们看到许多反映囚徒生活的照片、实物及少量的文字图表。比如，骨瘦如柴的囚徒照片，囚徒在被押入毒气室前被强摘下的眼镜、戒指、手表等随身物品，还有人的牙齿等，令人触目心惊。可想而知，当时这些囚犯在肉体与心灵上遭受了何等的摧残！

步出达豪集中营时，我的心情无比沉重。这段悲惨的历史距今已有八十余年，它永远不会从人们的记忆中删除。但是，即便是现在，还是有人一再地挑起战争、仇恨与杀戮，让历史的悲剧重演。似乎人们从历史上所得到的最大教训，就是：人们从历史上永远不会学到任何教训。

　　这趟德国之旅，也让我对人类历史有了一个更深刻的认识。

故事启迪

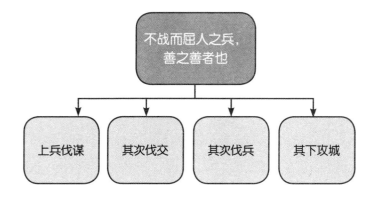

一、感动自己才能影响他人

如果你想说一个感动人的故事，那么首先你要让这个故事感动你自己。在说故事的时候，你可以把自己当作故事的主人公。感动的故事会让人流泪，甚至是想到自己切身的经历，或者给人们带来思考。例如，本文所述的内容，可能会启发人们开始思考：人类战争何时休止。

战争总是造成饥荒，并和饥荒一起带来死亡。深愿人们能记取战争的血泪教训，勿重蹈覆辙。防患于未然，避免战争，永远是战争的最高指导原则。诸葛亮有言："用兵之道，攻心为上，攻城为下；心战为上，兵战为下。"孙武说："是故百战百胜，非善之善者也；不战而屈人之兵，善之善者也。"无论战争高举何种名目的正义大旗，其所产生的毁灭性、残酷性与持久性，不仅使黎民百姓身陷于水深火热之中，战后造成的心灵创伤更是久久难以愈合。

二、让人会哭会笑，你的故事才会奏效

如果你想通过说一个故事来影响他人，那么这个故事首先要能让人感受到其中的情感。情感有很多种，包括爱、希望、同情、勇气，也包括尴尬、恐惧、悲伤、愤怒等。不管是消极的还是积极的，只要激发了对方的情感，就有成功影响对方的可能。面对一个令人悲愤的表述，比如本文讲到的关于战争的内容，就会激起大家对战争的憎恶或者恐惧，那么，这个表述就具有了影响力。

18 讲述一个完整的故事

　　说故事，就从好久好久以前开始……让情节像列车一样在我们眼前慢慢驶过，仿佛导演分镜头一般。故事让我们沉浸其中，最终找到再出发的力量。

即使是一条孤寂的溪流，也会持续向梦想奔流；一棵树上的枝丫，也会奋力向自由舒展！因为总有一个日出之地，带给人希望。

　　说起我与钢琴的缘分，要回溯到三十年前的大学时光。当时台湾正流行法国钢琴王子理查德·克莱德曼的浪漫钢琴曲。我的同学仅花了三个月的时间，就能优雅地弹奏《科罗拉多之夜》，这让我羡慕不已，因此立刻跑去学琴。

　　经过三个月的努力学习，我让左手负责和弦与节奏，右手负责音符旋律，由此也能弹上几曲。从经典老歌《月河》《小白花》《西湖春》，到理查德·克莱德曼的《梦中的婚礼》《给阿德琳的诗》，我都能有模有样地弹出来。

　　读研究生后，原本爱唱歌的我因发音不当，导致声门闭锁不全，医生嘱咐要少说话、少唱歌。父亲见我郁郁寡欢，整日眉头紧锁，于是在经济并不宽裕的情况下，为我买了一架钢琴。从此，我随着不同的心情与际遇，弹着或悲凉或欢愉的曲子，也期盼着能够像古人钟子期一般觅得知音，不论演奏何种意境的曲子，都能被伯牙一一参透。不过，如果无法觅得知音，独享自弹自唱的乐趣也无妨。

　　断断续续学了一段时间的流行钢琴，我对钢琴音乐的喜爱程度也与日俱增。进入职场后，追求一位心仪的女孩，与她的第一次约会就选在有琴师现场演奏的西餐厅。或许当晚琴音悠扬、气氛浪漫，佳人后来果然成为我的佳偶。

　　当时钢琴酒吧林立，也使我对"酒吧钢琴师"这份职业产生向往之心。一天，我路过罗斯福路一家钢琴教室，见门口贴着征求"流行钢琴老师"的广告。我思忖，若当不成酒吧钢琴师，当个"诲人不倦"的钢琴教师应该也不错，于是我推开大门表达应征意愿。面试人员请我弹一首自选曲，我选了一首法国音乐《秋叶》。坐定后，我忐忑不安地不断运用装饰音、琶音、三连音等技巧炫耀琴艺，顺便掩饰心中的慌乱。其间也企图营造曲中一叶落时秋已近的意境。经过漫长的3分钟的弹奏，面试人员客气地赞赏我弹得不错，并请我回家等候消息。涉世未深的我竟信以为真，结果一等就是二十年。我常跟妻子开玩笑说，想必是邮差寄丢了录取通知单，毁了我的琴师梦。但如果当年有幸被录取，我那半吊子的琴艺，想必也要"毁"人不倦了！

父亲当年送的钢琴已陪伴我走过无数个春夏秋冬，如今我享受着每一个弹琴自娱的日子。虽然离当个"酒吧琴师"的梦想越来越远，但在家中，我永远是妻子赞赏的优秀钢琴师！

故事启迪

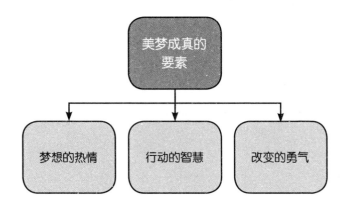

一、怎样说一个完整的故事

讲述一个故事，就是述说一个完整的事件。越是曲折离奇的故事越让人有探险的感觉，也越能吸引人的眼球。

好久好久以前——时序性发展（精准聚焦故事的起、承、转、合）

有一天——人物与情境铺陈（人、事、时、地、物）

然后——情节发展一（延伸因果关系的扩充情境）

然后——情节发展二（延伸因果关系的扩充情境）

然后——情节发展三（延伸因果关系的扩充情境）

最后——传递核心价值

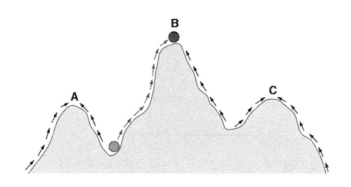

听故事好比探险的旅程，问题解决的过程就好比山谷山峰的转折点

二、故事的引爆点

在第一句话就呈现场景，为听者制造一个宏大的或者有吸引力的场景，可以达到引人入胜的效果。

试看美国作家海明威的《老人与海》的故事开场：

他是个独自在湾流中一条小船上钓鱼的老人，至今已去了八十四天，一条鱼也没逮住。头四十天里，有个男孩子跟他在一起。可是，过了四十天还没捉到一条鱼，孩子的父母对他说，老人一定是十足地倒霉到了极点，于是孩子听从了他们的吩咐，上了另外一条船，头一个礼拜就捕到了三条好鱼。

再看美国作家马克·吐温的《汤姆历险记》的故事开场：

"汤姆！"没人应答。"汤姆！"仍无人应答。
"汤姆，出来！"屋子里仍无人回应。
波莉姨妈拉低眼镜片，翻着眼睛，朝屋子的上方望了望，随后，又把镜片往上推了推，从镜片底下张望着。其实波莉姨妈的视力非常好，从来就不需要依赖眼镜片去寻找像小孩子那样小不点儿的东西。

Chapter 3

故事应用：
做个会讲故事的魅力领导者

相较于传统的命令、说教、独白、辩论等说服方式，故事力是激励、影响与说服的最佳工具！领导要靠说服，而不是靠头衔，要善用三种故事源激励团队：

1.挫败逆转的故事，要有勇气承认；

2.他山之石的故事，足以典范学习；

3.优秀员工的故事，激励团队士气。

故事力可以活化愿景、凝聚共识，在潜移默化中惕厉与教化人心，达到领导者设定的目标。

19 激发团队成员的合作能力

团队通过故事能够建立信赖、掌握冲突、做出承诺、负起责任、重视成果；还能够凝聚共识，翻转团队领导五大障碍的迷思，让"团队合作"不再只是想象的名词。

面对信息狂潮，要获得有益的价值就要拥有平静安稳的心，从而激发团队合作。

大学刚毕业的筱婷，认真投递了数十份履历，最终选择进入薪资福利相对优渥的某科技公司，担任北美事业部门业务助理一职，羡煞同期毕业的同班同学。初入职场的筱婷，对很多事物都感到很新奇，兴冲冲地期许自己一定要全力以赴。但一想到当初面试自己的女主管——李经理，就不禁打起寒颤。

李经理刚刚被升任，之前是一名超级业务员，精明干练。因此，在面试时她强调自己的领导风格是"只说一遍"，没有耐心教第二遍。她希望部属能自立自强，快速领会，因为公司强调"竞争力"。筱婷心想，以后只能自求多福，在磨炼中成长了！

同部门还有一位新进的业务员——威廉。一表人才的威廉顶着国外学历与两年的工作经验，自是多了一份自信与活力。

三人一组的团队，由李经理带领，主攻北美新市场，扛下开疆辟土的业绩重任。

第一周的磨合期，已将筱婷压得喘不过气来。筱婷发现原来整个部门约有三十人，但其他小组的同仁出乎意料地冷漠。好几次自己主动、友善地与她们打招呼，对方都视而不见，不理不睬，仿佛自己是隐形人。部门内的其他同仁对这个新成立的小组团队，似乎也抱着看好戏的心态，表现出不想多管闲事的冷漠态度。

面对每天征战般的压力——不停地了解产品规格、报价程序、在线课程学习等，文学院毕业的筱婷疲惫不堪，并已出现些微忧郁、口角发炎、失眠等症状。她心想，到底是自己的能力太低？还是团队气氛冷漠，无法让人信任？但无论如何，筱婷依旧告诉自己一定要坚持下去。

一天，李经理让筱婷去联络进出口部门关于出货事宜的任务，偏遇上对方官腔官调地拖延，筱婷无奈禀报李经理自己所遇到的难处，李经理立即拿起电话打给对方部门，一阵唇枪舌战过后，好不容易才解决掉这只拦路虎。筱婷心想，组织的沟通难道这么难吗？通过观察，筱婷慢慢了解了各部门的本位主义、山头地盘、老板爱将等情况。筱婷觉得，看来自己还要懂得察言观色、自我保护，否则就会像进入丛林的小白兔一样被"生吞活剥"。

另一位团队伙伴威廉，刚开始还每天活力十足，经过一周后，他发现部门充斥着"自扫门前雪，勿管他人瓦上霜"的冷漠气氛，连基本的个人计算机配备申请也要历经一番周折，自己还要摸索着设定程序；即使求助信息部门，也是"叫天天不应，叫地地不灵"。威廉不免有些心灰意冷，心想纵使公司网站标举着"身心兼顾，幸福满分"，薪资福利相对优渥，却仍无法解决自己面临的燃眉之急；尚属新人的自己，身处这充满本位主义的官僚气氛里，人际沟通到底要如何突破才好？此刻，威廉突然想起李经理交代的工作——准备下周一给美国客户的产品简报，心里又开始忐忑不安起来！

故事启迪

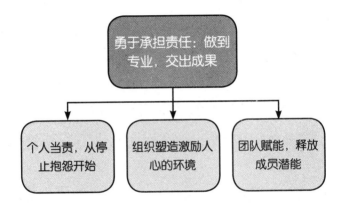

这是屡见不鲜的职场故事，案例可有诸多省思，突破困境。

一、个人当责，从停止抱怨，反求诸己开始

工作是自己选择的，没有人强迫你去上班。主管及公司文化不可能尽如人意，如果公司文化讲求"不可被模仿的竞争力"，那么你该想想自己有多少"不可被取代的实力"。影响力的本质在于实力展现。在这个"人人头上一方天，个个争当一把手"的年代，讲的是实力原则。实力可分为硬实力与巧实力，硬实力

如：研发能力、学习能力等；巧实力如：人际沟通、问题解决、压力疏解与情绪管理等。因此，思考困境永远有两个层面：自己能掌控的部分，以及暂时无法掌控的部分。不论是新进人员、新手上路、新手主管，都要学习个人当责：停止抱怨，先从反求诸己做起，你也可能成为改变组织文化风气的推手。

二、组织激励，塑造激励人心的环境，避免"跳蚤变'爬蚤'"

有一只跳蚤寄居在一个新环境里，那是一个小男孩的房间，那里潮湿而温暖，所以它很兴奋，跳来跳去地玩耍。因为周遭的一切对它而言新鲜有趣。

后来小男孩无意间发现这只跳蚤，就立刻用一个杯子罩住了它，把它关闭在杯中，限制了它的活动范围。跳蚤心急如焚，尝试突围，无奈一跳撞顶，再跳撞顶，三跳撞昏了。如此尝试了两三次，都无法突围，于是它心灰意冷疲倦了，不再跳跃。七天以后，小男孩将杯子掀开，看到这只跳蚤不再尝试跳跃，却只在杯口的范围内爬来爬去，最后它竟然变成了一只不跳只爬的"爬蚤"。

团队成员刚接触一个新环境、接受一项新任务或挑战一个新目标时，就像跳蚤一样非常兴奋，跃跃欲试，虽然能力薄弱，但投入度很高。当发觉现实状况远比想象中的困难时，投入度逐渐降低，能力也无法展现，于是变成了爬蚤。

所以，身为领导者，要能塑造激励人心、敬业的环境，协助部属全心投入并发挥能力，就像挪开那个杯子一样，让跳蚤能够跳跃、歌唱。激励人心的环境，仿佛是海角乐园，是让每个人都可以自然感受到的。

三、团队赋能，释放成员的潜能——让他们成为生龙活虎的美洲豹

有一只美洲豹，奔跑快如闪电，能捕捉世界上任何猎物。但有一次，它误触了猎人的陷阱，被活活逮到。猎人先用一根5米长的绳索将它捆在木桩上，以便就近看管，并减低攻击性。当美洲豹看到一只大山猪时，想扑杀这只肥美的猎物，大山猪拼命奔逃，美洲豹跑跳了三步，就被绳索牵绊住，只能望而兴叹。过不久，猎人将绳索缩短为3米长，美洲豹的活动范围缩小了。有一天，它看到一只公鸡经过，又想扑杀这只猎物，只见公鸡快步闪过，美洲豹只跑跳了两步，又被绳索牵绊住，

只能暗自垂泪。最后，猎人干脆将美洲豹锁在笼内，以策安全。一天有一只公绵羊缓缓经过，此时只见美洲豹无精打采地蹲伏在笼内，头也不抬地目送绵羊离去。

赋能就像醍醐灌顶，释放团队成员惊人的潜能与才赋，并让团队成员竭尽所能地贡献投入。僵化的管理制度或失能的领导力就像是困住美洲豹的那根绳子或笼子，赋能就是要剪断那根绳子，打开那个笼子，释放成员的潜能，让他们都能成为生龙活虎的美洲豹。

20　故事鉴古知今，可运用在企业
　　经营管理中

　　故事鉴古知今，可应用于经营管理。其中的警世与
教化功能让人们觉醒与转变，并给出解决问题的线索。

挫折让我懂得慢下脚步，逆境让我虚心反省检讨。
我没有失败，我只是暂时停止成功。

有一位国王准备与入侵的敌人打仗，因为时间紧迫，他命令马夫迅速备马，并给心爱的战马钉上蹄铁。马夫立刻对铁匠说："快给它钉蹄！"铁匠埋头干活，从一根铁条上弄下四块蹄铁，把它们压平，弯曲变形，固定在马蹄上，然后开始钉钉子。

铁匠钉了三块蹄铁后，发现没有钉子来钉第四块。

"我还需要一两根钉子。"铁匠说："我还需要一些时间来完成。"

"我等不及了。"马夫说："我们快要集合出征了，集合号响起来了，你快点想办法凑合一下。"

"我能够把第四块蹄铁稍微固定。"铁匠说："但不能保证牢靠。"

"好吧，这样也行。"马夫说："总之你快一点，否则国王怪罪下来，我们两个担待不起。"

两军开始交锋后，国王一鼓作气，冲锋陷阵，眼看敌军节节败退，国王乘胜追击。就在此时，国王骑的马突然跌翻倒地，原来第四块蹄铁脱落了，国王也摔倒在地。惊恐的马立刻挣脱缰绳逃跑了，留下一脸错愕的国王在地上，敌人军队立刻包围上来，活捉了国王。

国王愤怒地喊道："一匹马、一块蹄铁，我的国家就葬送在一块蹄铁上！"

后人纷纷传说："少了一根铁钉，丢了一块蹄铁；丢了一块

蹄铁，跑了一匹战马；跑了一匹战马，死了一个国王；死了一个
国王，败了一场战役；败了一场战役，毁了一个国家；所有的损
失都是因为少了一根铁钉。"

故事启迪

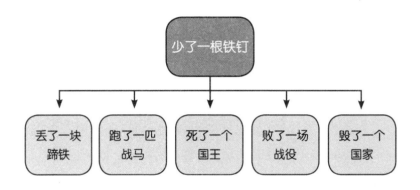

一、故事来源

这个故事据说是英国流传的一段传说。起源于一场英国王位的争夺战。

1485年，国王理查德三世亲自率军，准备与里士满伯爵决一死战。战斗开始前，理查德让马夫装备好心爱的战马。但铁匠在帮战马钉蹄铁时，因为缺少几根钉子，所以有一块蹄铁没有钉牢。开战后，理查德国王身先士卒，冲锋陷阵。"冲啊，冲啊！"他高喊着，率军队冲向敌阵。眼看理查德国王的队伍就要获胜了，突然，国王的坐骑掉了一块蹄铁，战马跌翻在地，士兵见国王落马，纷纷转身撤退。敌军见状围了上来，就这样俘获了理查德国王。

二、质量关乎一个企业的生死

一根铁钉都不能少的故事，代表对于"质量"的重视。"质量"是企业与组织绩效的衡量，也可泛指一般商品或服务的水平。作为领导者，有责任和义务保证相关产品的质量，质量不过关，极有可能导致企业走向衰亡。运用故事的力量，让员工明白质量的重要性，他们才会从心底去遵守。我之前在一个企业的中层领导培训中，提到过如果员工从他们自身的角度来看待问题，只想快点做完工作拿到钱，那么由于这种意识的局限性，他们很难去考虑企业长远发展的问题，所以就需要一个领导者在职场中把好这一关，而故事力就是一个很好的方法。

三、故事联想

本文故事让我联想到另一个经典案例：

在第二次世界大战的"发电机行动"中，英国用了不到十天的时间就把近34万大军从危机中拯救出来，这就是著名的敦刻尔克大撤退。当时德国军队瓦解法国马其诺防线后，包抄了英法盟军，盟军撤退至敦刻尔克（法国东北部的港口），为了避免被德军围歼，执行了当时最大规模的撤退行动。撤退过程中，除天时、地利、人和外，指挥官的缜密规划起了关键性作用。在英吉利海峡天气允许的情况下，英国动员了大小船只861艘，包括渔船、客轮、游艇、救生艇等。这个史上最大规模的战略性撤退，成功将三十多万人撤回英国，为盟军日后的反攻保存了大量的有生战斗力。

两个战争案例故事，一个匆忙而行，另一个缜密规划，确保执行质量。

21　故事对领导者来说是最有效的工具之一

回味故事情境中的点点滴滴，好像黑胶唱片中播出的旋律，使人陷入时光胶囊中，独自品尝酸甜苦辣的滋味，时而反思，时而沉吟……

幽谷百合在荆棘中显得独特而美丽。我要在人云亦云的潮流中坚持"真、善、美"的价值观。

一个春暖花开的午后，年过四十的李冰悠闲地坐在公园一隅，手里拿着一杯用80摄氏度的热水泡出的"东方美人"茶，恣意享受近日难得露脸的阳光。虽然只有一个半小时的午休时间，李冰还是要让自己的心情舒坦些，借以疗愈多年来身为主管，却"高处不胜寒"的孤寂与挫败。

日前又抑制不住对部属暴怒，骂走了一个经理。今日这个午后，正好可以让自己独处、沉淀思绪。他扪心自问："难道这种对部属'爱之深，责之切'的指责错了吗？"李冰回顾自己十六年的职场经历，从基层、中阶至中高阶主管，到底是"毁"人不倦，还是"培育英才"？如何成为一个带人带心的好主管？难道"绩效卓越，部属满意"，只是一个不切实际的美丽梦想吗？自己是否教导出一个懂得感恩回报的部属？还是"一将功成万骨枯"，适者生存？李冰缓缓啜着手中的茶饮，试图让自己厘清思绪。他再度思索，身处职场丛林究竟是漂泊的灵魂，还是孤独的天才？午后独处的这段时光，让他开启了一番自我对话，进行深度的自我剖析。

子曰："三十而立，四十不惑，五十知天命。"虽然已逾不惑之年，但是李冰对自己在领导和管理上的体会依旧有许多疑惑，甚至感到茫然无助。他看过许多管理文献，发现对好主管的要求简直是苛刻：一方面要求主管要把事情做好，创造卓越绩效；另一方面又要求主管要体恤部属，人性关怀。虽然这两方面兼顾是合情合理的，只不过身在"高处"的自己，也有软弱的时候，他不禁发出一声哀叹："主管难为啊！"他多么希望此刻有一位心灵导师能够与自己对话，至少能够安静地聆听自己倾心吐意。

此刻手机突然响起，副总的秘书告诉他，副总想要找他谈一谈高阶主管的个人发展计划（IDP，Individual Development Plan），以及如何协助主管有效领导并激励部属。此外，副总还请人力部门帮李冰报了一个"教练型领导力——打造'信、望、爱'组织文化"的培训课程。

挂上电话，李冰心中涌起一股暖流。他感谢副总能够在他迷茫之际，给予他一个关于个人成长的发展计划，使他不致落入彷徨挣扎的无底深渊。为了不辜负副总的美意，他期许自己能够成为主管心目中及组织发展中不可或缺的关键人才。

此刻，手中微凉的"东方美人"的淡淡茶香，已让李冰品尝出丝丝甘味。

故事启迪

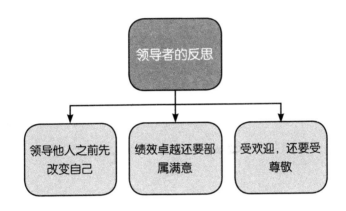

一、故事来源

这个故事是多年前我担任领导者时，自我反思的实际案例。"教练型领导力——打造'信、望、爱'组织文化"是我参加的第一个培训课程，那时我才知道有比不发脾气更好的领导方式，但首先要学习如何控制情绪。这也间接为我开启了进入企业培训界的大门。

二、说故事是每一个领导者都需要学习的技能

每一个领导者都可以有典范的学习对象，比如兼具理性与感性的德国总理默克尔，在选民的眼中，她是温柔又强悍的妈妈，也是难民的救星和节约女王。她用自己的行动为自己写下了故事。

三、说故事对领导人来说是最有效的工具之一

故事学家史蒂芬·丹宁说："说故事不但是一种古老的行为，对领导人来说，也是最有效的工具之一。这个诉诸感性的做法，如果运用得当，可以让整个组织团结起来，一起追寻共同的愿景。因此，领导人必须根据自己面对的情境，来谨慎选择要讲述的故事。"

四、知识扩展

故事中提到了"教练型领导力"，其中"教练"一词原本是体育界的术语，后来被广泛运用到企业、人际关系、生涯规划上。我们都需要学习运用教练技巧，了解成员心态，激发他们的潜能，不断发掘新的可能性，提升他们的技能，将成员调整到最佳状态，以获得成果。

22　马壮车好，不如方向对

　　短故事聚焦精准，善用明喻、暗喻，引发深层的思考。

湖水拥抱雨滴，泛起美丽涟漪；火柴亲吻蜡烛，照亮满室温馨。我开始学习从关注自我转移到关注他人。

　　春秋战国时期，有位夫子备了很多物品，欲前往楚国。途中遇到路人甲，便问路，路人甲答道："此路非往楚国。"夫子说："我的马很壮，没关系。"

　　路人甲无奈摇头。夫子继续前行，过了不久，途中遇到路人乙，再次问路，路人乙答："南辕北辙，此路非往楚国。"并再次强调这不是去楚国的方向。

　　夫子却依然固执地说："我的车很坚固。"

　　路人乙叹息地说："马壮车好，不如方向对！"

　　有一个年轻人去寻访深山里的大师，想参透人生的智慧。大师说："想参透人生的智慧，你必须拥有绝佳的判断力。"年轻人称谢离去，过了几天他还是感到茫然，再去请教大师："拥有绝佳的判断力，才能参透人生的智慧，那么要如何拥有绝佳的判断力呢？"大师沉默了一会儿，微笑着说："要拥有绝佳的判断力，你必须有很多宝贵的经验。"年轻人再次称谢离去，又过了几天他还是感到困惑，于是再去请教大师："要有很多宝贵的经验，才能做出好的判断力，进而参透人生的智慧，那么要如何才能得到很多宝贵的经验呢？"

　　这次大师毫不犹豫地回答："想得到很多宝贵的经验，你必须做出很多错误的判断！"

故事启迪

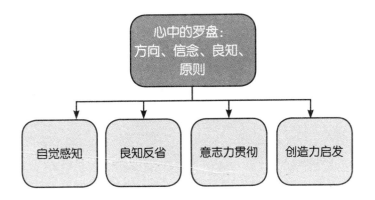

一、故事隐喻解答

"马壮车好，不如方向对"的故事，可隐喻"时间管理"中"墙上的时钟"与"心中的罗盘"。"墙上的时钟"代表我们的时间表、目标，也就是时间管理；"心中的罗盘"则代表远见、价值、原则、信念、良知、方向等，也就是我们的价值观和生活方式。故事中的"马壮车好"表示我们总是集中精力关注"墙上的时钟"，却极少思考我们的价值观和所选择的方向是否正确，结果往往是白忙一场。而且，分不清事情的重要性和急迫性，也容易使人陷入所谓的"忙、盲、茫"的状态。

故事中"方向对"隐喻我们的耳朵会听到"心中的罗盘"，表示我们愿意倾听内心的呼唤。想一想哪些是人生最重要的事情？这些最重要的事情可能是除名利、地位、财富之外的东西，比如爱、影响力、学习。这些最重要的事情，需要你用自觉来感知，用良知来反省，用意志力来贯彻实施，还需要用创造力来进行自我启发。

二、故事说完再佐以数据，才能有效说服

好故事不一定要长。短故事是一种"小而美"的型态，凝聚智慧，引发感悟。要在极短的篇幅里完成故事铺陈，内容必须精炼并营造张力与冲击。

故事不是万能的，但有时候，没有故事却是万万不能的。故事说完再佐以数据，用数据事实进行逻辑推理，如此兼具感性与理性，才能有效说服。

三、想学故事技巧，你必须让自己先成为一个有故事的人

第二个故事像请君入瓮一般，告诉人们经历过后才能柳暗花明，豁然开朗：做出很多错误的判断——有很多宝贵的经验——拥有绝佳的判断力——参透人生的智慧。

同样地，想学故事技巧，你必须让自己先成为一个有故事的人：珍惜生命中的每一段际遇，积极聆听，同理关怀，乐于分享并勤于思考，记录点滴心情。故事，没有必杀技，只有千年功！日积月累，自然流露感性情怀，此即"世事洞明皆学问，人情练达即文章"。

23　故事本身就是激励、导引、告知和说服的最佳工具

听故事，要听出别人心里的歌。听故事的九字诀：听得懂、记得住、传出去。提炼出故事中的经验，引导"转变"以激发行动。

我曾经热切地寻找一双关怀的眼睛，一副展开的臂膀，一颗接纳包容的心。我没有失望，我终于在友谊中找到了它们。

日治时期，她有个美丽的日本名字——"洋子"。生活贫困却懂事乖巧的她，为了分担家计，九岁时就替一位日本老师背孩子。

有一次，她背着孩子偷偷在日本老师的教室窗边聆听，学生们的朗朗读书声，让她黯然泪下。从此，聪慧的她开始自学识字。

少女时期的洋子曾于大稻埕著名的文化餐厅（当时《台湾文学》杂志编辑部所在地——山水亭）担任会计。店内川流不息的文人雅士，丰富了洋子的见闻与涵养；又因每天负责播放古典音乐，即使未学过音乐，对莫扎特、贝多芬、舒伯特等音乐家也是耳熟能详；而与同事们的深厚情谊，也温暖了她贫苦的生活。在那个年代，虽然洋子接触到很多新思想，但她始终保有纯真质朴的性格，充实而快乐地过着每一天。

年轻时的洋子婉约秀丽，是许多男士心仪的对象，因此欲牵红线做媒的不知有多少，但都被保守且自卑的她一一回绝。其间有一位日籍大学生福田，是她的爱慕者。时常到"山水亭"安静地喝咖啡、听音乐，为的是等洋子下班，陪她走一段回家的路，并营造约会出游的机会。

遗憾的是，这段尚未牵过手的含蓄恋情，在日本战败后被迫终止。福田返国前曾探询洋子是否愿意跟随回日本，洋子顾及身份与民族不同，最终婉拒。福田返国前一天，默默垂着泪在店门外向洋子道别，从此海角天涯永别离。

多年后，这些年轻时的美好和遗憾已经逝去。但上天眷顾洋子，让她有了三个贴心的儿子，这也是她最大的骄傲与安慰。

近两年来，对于九十岁高龄且逐渐失智的洋子来说，许多往事似乎正从她的记忆库中流逝。为了帮洋子留住美丽的回忆，二儿子阿宏每次探望母亲时，总会牵着母亲的手，一遍遍引导她述说从前的故事，还在情绪上配合故事的发展，每一次都流露出仿佛初次倾听的专注神情。尤其是有关日本爱慕者福田的那一段往事，每次提及洋子都会羞赧地开怀大笑。

此外，阿宏还发挥巧思，在一张张小卡片上写下一个个名词，如山水亭、洋子、福田、莫扎特、贝多芬……如此费心，是为了让洋子反复诵念，以唤起往日的美丽记忆。

"洋子"正是我的婆婆，"阿宏"则是我那幽默风趣的侄子。每次看到侄子与婆婆的真情互动，我都期盼洋子往日的美丽回忆，能陪着她度过每一天。

故事启迪

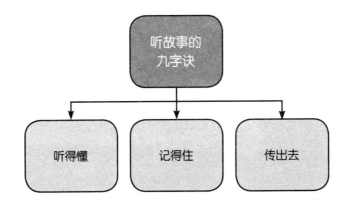

一、这个时代需要用说故事的方式沟通

说故事是人类天赋的本能，经由文字、声调、表情和语言，创造出一个奇幻的情境。人们习惯于以"聆听"及"领会"的方式获得信息，因此这个时代更需要用说故事的方式来沟通。

二、故事是说服的最佳工具

故事活化人们的右脑，让我们成为高感性、高关怀的人。故事本身就是激励、导引、告知和说服的最佳工具。

丹尼尔·平克（Daniel H. Pink）在《未来在等待的人才》一书中提到两种感知——高感性（high concept）与高体会（high touch），定义如下：

高感性：观察趋势和机会，创造出优美、感动人心的作品，编织引人入胜的故事，以及结合看似不相干的概念，将故事转化为新事物的能力。

高关怀：体察他人情感，熟悉人与人之间的微妙互动，懂得为自己与他人寻找喜乐，以及在烦琐俗务中发掘意义与目的的能力。

24 当责与共好

讲故事时先告诉听者"你是谁",帮听者找出"他们是谁"并让听者参与故事的发展。对比故事,凸显价值反差,让听故事的人解读与学习。

我不知道风往哪一个方向吹,但我会享受每一个微风中的歌唱,清风下的明月,还有寒风中的跋涉。

　　多年前我担任某家公司的培训讲师，讲授"当责与共好"课题。抵达该公司大厅后，我向总机小姐表明来历，烦请她通知人事部李经理，然后我坐在沙发上耐心等候。

　　左等右待，大约等了10分钟，仍不见有人来。我耐不住性子，询问总机小姐，她冷漠地回答我说："我刚才联络李经理，但是她不在座位上。"我心头为之一惊，心想然后呢？没想到接着她停住了话语，若无其事一般，仿佛已经回答完我的问题。

　　我惊讶不已，这就是答案吗？以她的职责，完全可以再多做一点点：她可以在第一时间主动告知我情况，可以拨打手机或用广播通知寻找，也可以让部门人员协助寻找，但是所有这一切她都没有做。

　　我开始想了解她行为反应的背后因素。例如，她喜欢她的工作吗？她接受过接待礼仪培训吗？她的主管知道她的态度或能力吗？她第一天上班就是这个态度，还是受了刺激变成这样的？这些疑问开启了我对于"当责——做到专业，全力以赴"这个话题的关注。

　　一样的总机小姐，不一样的服务思维。另有一个对比案例：同样是总机小姐，陈美燕从十八岁任职以来，每次接听电话不会让电话铃声响三次以上，跟她讲过一次话她就会记得你是谁。她反复默背每个人的分机号码，绝不会让人等待。她说："我和别人不一样，我很用心！"

陈美燕至今已经工作四十余年，她一直是总经理大力称赞的总机小姐。

故事启迪

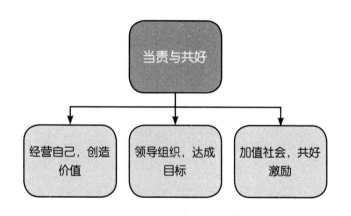

一、当责的含义

员工的言行举止，代表公司的形象。本文故事强调"当责"：当责即"当仁不让，责无旁贷"，是"执行任务并交出成果"，是对于自己与他人承诺之事的实践，更是全力以赴，做到专业。

二、当责的重要点

当责，应做到以下几点：

a. 行有不得反求诸己

严以律己，出了问题先检讨自己。

b. 自我内在的激励

完成自己承诺的事，为最终成果负责。个人追求更进一步的自主感、责任感与成就感。

c. 制高点的思维

制高点的思维在于：单点与全面、短期与长期、有形与无形、绝对与相对、主观与客观的均衡思考。制高点思维可以让我们有恢弘的视野、远大的格局、悲天悯人和民胞物与的胸怀。

三、企业的发展历程是培训员工的最好案例

当责的层面可包含：个人当责、团队当责、组织当责。企业传扬当责的小故事，标举当责正面行为指标，可塑造当责文化。

1985年，青岛电冰箱总厂厂长（海尔前身）张瑞敏因为生产的冰箱不良率太高，于是带领员工亲手砸毁瑕疵冰箱，并建立质量管理意识，进而抱回了国家质量金奖。这个故事就传递了组织当责的信念："有缺陷的产品，就是废品！"

在追求快速发展，盲目竞争的年代，经常出现许多令人惋惜的现象：快速成长的企业组织，因贪婪和盲目而丧失道德操守，最终快速崩落。比如，食品公司卫生质量不过关、汽车业假造油耗数据、金融业淘空洗钱等现象，罄竹难书。这些都是反面教材。

25　让故事创造力量

小虾米战胜大鲸鱼的启发：要以小搏大，以弱胜
强，除了智谋，还需要勇气——奋力一搏的勇气。

天马行空的想象带我驰骋创意世界，苦思后的灵光
乍现是对我的回报。我拥有解决问题的创新思维。

公元前，在以色列联合王国扫罗国王在位期间，有一天一群野蛮的非利士人（Philistines）和以色列联合王国大军对垒。这一次非利士人派出一名叫歌利亚（Goliath）的巨人。他身形魁梧，有着无穷的力量，所有人看到他都要退避三舍，不敢应战。

巨人歌利亚每天对着以色列联合王国的军队大声叫阵，面对如此挑衅，以色列举国上下人心惶惶，国王扫罗无计可施。日复一日，军队始终不敢迎战，此时军中粮草所剩无几，军心也开始动摇。于是扫罗向全国发布通告：谁能将歌利亚杀死，将有重金奖赏。

有一天，少年大卫正好来到前线给三个哥哥送大麦饼。于是他自告奋勇，表示愿与歌利亚一战。扫罗一看大卫，认为他年纪太轻，根本就不是身经百战所向无敌的歌利亚的对手。

大卫说："我在旷野中为父亲放羊，有时狮子或熊会跑来吃我的羊羔，我就追赶它们，击打它们。有上帝与我同在，上帝必会帮助我战胜歌利亚的。"

扫罗就祝福他说："你去吧！愿耶和华与你同在。"于是，大卫拿着甩石的机弦，又在溪中挑选了光滑的石子，走近歌利亚。战场上，大卫展现了初生之犊不畏虎的勇气。他先躲过歌利亚的长矛攻击，接着从囊袋中取出一块石子，不慌不忙地用机弦在头顶甩了几圈，打向歌利亚。甩出的石子不偏不倚，正好打中歌利亚的前额要害，巨人顿时倒地，大卫随即将他杀死。

　　非利士人见歌利亚被大卫杀死，即刻乱作一团，扔掉旗帜、战鼓，慌忙逃跑。从那以后，大卫赢得了人们的敬畏，也得到了神的赐福。大卫长大后，成了以色列联合王国的第二任国王。

故事启迪

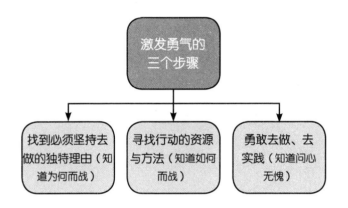

一、故事解析

"歌利亚"代表眼前的艰难险阻，令人感到畏惧沮丧，想退却。这种畏惧沮丧就是故事中以色列人面对巨人时的害怕心理，不敢迎战，且军心动摇。"大卫"代表着初生之犊不畏虎的勇气。他自告奋勇表示愿与歌利亚一战，并说服国王扫罗让他出战。可见，机会是留给有准备的人的。

勇气，让我们走出舒适圈，构筑梦想，采取行动，创造改变。勇气背后还要有"智慧"和"热情"，才能善用资源，以小博大，否则就成了暴虎冯河（指空手与虎搏斗，不靠舟船而徒步涉水，比喻人有勇无谋，冒险蛮干）。故事中，大卫使用甩石的机弦与光滑的石子，而没有用长矛与盔甲，就像经理人在负责项目时，因为资源有限，在考虑预算成本、时间、人力、物力等因素后，运用有效的资源，创造出最高且合理的利润。

大卫能够精准击中目标（敌人的前额），也意味着平常训练有素。他只有历经磨炼，拥有良好的技巧与纪律，才能在关键时刻执行任务。这与许多中小企业能够成为行业内的"隐形冠军"一样，它们拥有多年的经验，非常专注于核心技能与产品的研发，在具备一定的实力后，才能在激烈的市场竞争中取得优异的成绩。

二、故事可以创造力量

不管是在工作中还是在生活中，学会运用故事，即便不是领导，也会让自己具有一定的凝聚力。就像上面这个故事，引导人们学会了"勇气"。掌握故事的力量，可以帮助你塑造自己的地位和形象。借助这种力量，你可以将自己与听众联系起来，让他们从故事中明白什么是有意义的东西。

一个人讲故事的能力也体现出他的逻辑思维能力和智慧。掌控你的听众，你就是一个优秀的领导者。

26 "向上沟通"与"向下管理"

历史故事让我们思接千载，视通万里。故事重现过程，除了缅怀当时的情景，更可借古喻今，借物喻人，让人洞悉在历史演变过程中淬炼出的永恒智慧与深层价值。

心态改变，行为跟着改变；行为改变，习惯跟着改变；习惯改变，命运就会改变。

鲁定公十年春，鲁定公与齐景公相约于夹谷举行盟会。孔子当时兼任盟会司仪，对鲁定公说："臣闻有文事者，必有武备；有武事者，必有文备。古者诸侯并出疆，必具官以从，请具左右司马。"（意指：臣听闻以和平盟会解决争端，必定要有武力作为后盾；以战争解决纠纷，也要有和平解决的准备。古代诸侯离开自己的疆界，一定要配备文武官员作为随从，请君上配备左、右司马随行吧）。定公接受了孔子的建议，配备了掌管军事的左、右司马。

而齐国的大夫告诉齐景公，孔子知礼而无勇，不懂战争，盟会时可以安排莱夷人手执兵器，以武力威胁鲁国国君，这样齐国就胜券在握了。齐景公听从了这个建议。

到了盟会的地方，宾主互相揖让登上高台，又敬完了酒。此时，齐方暗地唆使莱夷人手执兵器，鼓噪喧哗，想要劫持鲁定公。当此危急之际，孔子立即登上台阶，保护鲁定公退避，随后对鲁国的卫士们说："你们可以拿起兵器杀了他们。我们两国君主结盟，莱夷人竟敢称兵闹事，破坏两国友谊，此非齐君待客之道。"

齐景公听了颇感羞愧，于是挥手让莱夷人退了下去。回国后，齐景公谴责群臣说："鲁人用君子的道义去辅佐他的君主，你们却使用蛮夷的道义来教唆我，使我犯下过失。"

故事启迪

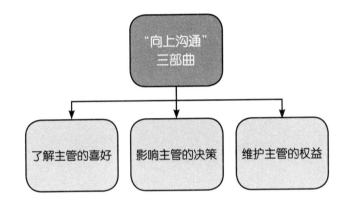

一、学会用故事说服你的领导

　　管理中很大的问题是下属的意见传达不到上级领导那里，或者虽然传达到了，却没有被采纳；而领导又没有及时向下级了解情况，沟通不畅导致工作效率大打折扣。

　　"下达上通，至聪之听也。"上情下达，下情上通，信息沟通顺畅才能解决问题。而沟通本身也蕴藏着"向下管理"与"向上管理"的真谛。你可以用一个故事让你的领导接受你的提议。如果你的故事够精彩，就会比干巴巴的理论说服更有效果。

二、"向上沟通"三部曲

两个国君都能听从臣子的意见，却有不同的结局。我们可以从"向上沟通"三部曲中窥知一二。"向上沟通"三部曲即"了解主管的喜好""影响主管的决策""维护主管的权益"。"了解主管的喜好"应是下属的基本素养，只有具备了这样的素养，才能与主管沟通无碍。而"影响主管的决策"，让主管采纳部属的意见，即故事中孔子洞察到可能发生的变故，于是用示例和经验进行说明，建议鲁定公配备左、右司马，最终意见被采纳的过程。"维护主管的权益"，即故事中当鲁定公面对逼近的危难时，孔子反应迅速，当机立断瓦解齐人计谋，保护鲁君安全与尊严的举动。

三、做个愿意听取意见的领导

"向下管理"侧重倾听、询问与回馈。历史上为人所熟知，懂得倾听意见并鼓励下属发言的，当属唐太宗。据《资治通鉴》记载，唐太宗问魏征："人主何为而明，何为而暗？"魏征说："兼听则明，偏听则暗。"三国时期，诸葛亮在《出师表》中说："陛下亦宜自谋，以咨诹善道，察纳雅言……"也提醒君王要广开言路，虚怀纳谏。由此可见，"兼听则明""察纳雅言"是君王的治国良策。

27 领导变革

成语，蕴含了历史故事及哲学意义，是引人入胜、启迪智慧的绝佳故事源，更是中华文化的瑰宝。

雨过天晴的一道彩虹，唤起我们对生命的讴歌与礼赞，因为彩虹的另一端漂浮着无数的希望与梦想。

商鞅变法初期，新令已经准备就绪，在法令公布之前为了让人民对新令足够信任，商鞅在都城后的市场南门，竖起一根三丈长的木杆，并在旁贴出一张告示，写着："如有人将其搬移至市场北门，将给予十镒黄金报酬。"众人半信半疑，观望而不予理会。数天后赏金提高至五十金，有人尝试，将木杆移至指定地点，商鞅立即兑现承诺，给予五十镒黄金。经此一番铺陈，新法正式公布。此一诺千金，言出必行，令出法随，取得了百姓的信服。这就是"徙木立信"的故事。

新法实施之后恰巧太子犯了法，商鞅便让太子太傅公子虔与太子太师公孙贾代太子受罚，以示警戒。至此，秦国人民都遵守法令规定，不敢再有异议。

商鞅在秦国执政二十一年，让秦国由弱变强，却也得罪了不少权贵，许多宗室贵族都对他心怀怨恨。孝公驾崩后，公子虔等人上告商鞅谋反，商鞅逃亡至旅店寄宿，却因没有身份证明无法投宿，店主告知这是遵守商鞅的法令。可见新法得以执行的程度。

故事启迪

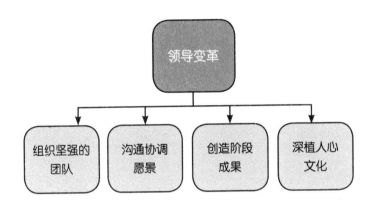

一、故事解析

从成语"徙木立信"的故事可以看出，立法者言而有信才能树立威信。企业管理也是如此，"情、理、法"（人情、义理、法度）是企业或公司领导者进行组织管理的三大支柱。上位者以身作则、执法严谨、民胞物与；下位者自然风行草偃，洁身自爱，守法如常。

细腻规划、设定崇高标准、顾及利害关系人权益并防范小人、维持高洁情操，这些都是领导变革需要做的。商鞅曾在秦孝公面前与朝中反对变法的群臣进行辩论。商鞅反驳甘龙、杜挚的观点，力陈只要有利于人民，就不必效法陈规，遵循礼制，并认为聪明的人创造新的法度，有才干的人能变更礼制；只有一般见识的人才会受制旧法，拘泥礼制。秦孝公听罢，肯定了商鞅的主张，也更加坚定了自己的心志。

二、规章是死的，故事是活的

变革也需要团队合作：组织内的变革通常不会只靠个人单枪匹马来推动。

面对各种规章制度，员工表现出来的一般都会是抗拒。一个好的故事，可以促进员工参与和思考，进而一起行动，对公司的建设也是有帮助的。

Chapter 4

故事营销：
用故事抓住顾客的技巧

故事营销赋予产品意义、典故、历史及人文情怀，让顾客对产品产生联想与兴趣，进而产生情感连结。故事营销的三种类型包括：

1. 创办人的逸闻趣事；

2. 待客之道或与顾客互动；

3. 品牌、产品、材料组成或来源。

28 选议题、说故事、抓数据、讲对策

好故事，巧商机：故事营销让生硬的环境议题变成一般消费者都能具体参与的行动。

当我学习把关注的焦点从自己的身上转到他人身上时，我才感受到那一份真切的情感流露。

　　那是一个台风即将来袭的傍晚，五十三岁的沈振中独自一人骑着野狼一二五机车在山间奔驰。他朝着老鹰飞去的方向，一心寻找它们的夜栖地。那天，他摔断四根肋骨，但为了守护老鹰，他忘了疼痛。这就是"老鹰先生"沈振中的生活写照。

　　人称"老鹰先生"的沈振中原是生物老师，从小在基隆长大，童年时期起就常在海港边观望天上成群嬉戏的老鹰。他坐在基隆大武仑海滩的堤防上，看着老鹰陆续飞到山头盘旋，像阅兵一样的滑翔，一只、两只、三只……最多的时候有十四只。就像族群"点名"一样，总有一只在高处滑翔，其余几只在另一个区域追逐、玩耍。最后它们终于聚集在一起，同时滑向大海，一个转身，再滑回风口，如此反复两三次，高度逐渐上升。

　　但是后来，老鹰的数量越来越少，甚至消失不见了。老鹰为什么会消失？它们究竟到哪里去了？沈振中用自己宝贵的二十年的时间去寻找这个答案。他开始独步山林，让老鹰进入他的生命。直到有一天，红豆田里的危机被发现，沈振中才找到答案。人们在红豆田里使用了过量的农药，各类禽鸟误食后大量死亡，以致数量锐减，老鹰就是其中之一。"与其说是我发现它们，倒不如说是它们掳获我，要我为它们记下这正在发生以及即将发生的事。"沈振中说。

故事启迪

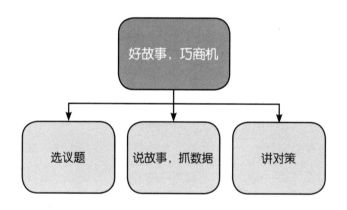

一、选好议题，让故事更有吸引力

一个生物老师，为了找出老鹰消失的原因，放弃人人称羡的安稳教职，投入二十年的人生，往来南北，翻山越岭。这个故事最终被拍成了纪录片——《老鹰想飞》。导演梁皆得跟随"老鹰先生"沈振中，耗时二十三年拍下了他追寻黑鸢的整个过程，传递出"救老鹰也是救人类自己"的理念。这可以说是一个理念营销的案例，同时故事充满了转折，让人有一探究竟的欲望。

二、好故事，巧商机

故事营销让生硬的环境议题扩大成为生产者与一般消费者都能具体参与的行动。有许多企业包场欣赏纪录片《老鹰想飞》，以唤醒民众对土壤生态平衡的重现；更有人大胆开展了与红豆田的合作，顺势推出老鹰红豆面包与老鹰红豆铜锣烧，也有人与红豆农家合作推出"小鹰红豆"产品。可见，故事营销力的效果显著！

三、故事营销法

这是一个不断说服的年代，主管说服部属、营销人员说服客户、老板说服员工、父母说服儿女，等等，方向也可以反过来。说服需要方法，先说故事再讲道理的方法，可以让你的言论更有影响力。以一则真诚的故事打开客户的心防，或运用简单的实例进行说明、模拟和比喻，让对方在心中呈现清楚的图像，这样对方自然乐于和你对话并向他人传扬。这种说服技巧就是"故事营销法"（story marketing）。

故事可以行销产品或服务

故事可以阐述理念、抱负

故事可以彰显人格、形象

故事可以建立组织文化

故事营销可以破除障碍，建立信任关系

29 最具影响力的故事，是你想影响的人的故事

从阳光般的微笑、专注的眼神、倾听的耳朵、会问问题的嘴巴，以及一颗真诚关心顾客的心开始，与顾客建立情感的连结。

有时乌云蔽日遮望眼，接着就是暴风雨前的闪电和雷鸣。但就算是在惊涛骇浪的风雨中，我还是会对自己说："雨过，总会天晴！"

　　2011年，我受宜兰县政府邀请，担任"说故事营销"讲座的讲师，引导学员学会说出自己的品牌故事。其中一位学员写出了"宜兰饼"的品牌故事：

　　这是奶奶和宜兰饼的故事。

　　在早期物资缺乏的年代，要吃一块素饼、一口面包都算是奢侈，更别说是包着油滋滋肉角的大饼，所以当年奶奶出阁时既没宴请宾客也没分送大饼，只是默默地跟着爷爷从宜兰远嫁到高雄。一个夏天，我拎着各家的试吃喜饼，走进家门，撒娇地嚷嚷着——"奶奶！您中意哪一种？"奶奶毫不考虑便拿起了牛舌饼，张口咬下的一刹那，眼泪悄悄地滑落下来，于是我暗自决定要带奶奶走一遭宜兰……

　　"奶奶！咱们要去宜兰看喜饼喔！"考虑到奶奶的身体状况，我们选择搭乘高铁，两个半小时后，我们一群人浩浩荡荡地抵达奶奶的老家——宜兰。

　　来到宜兰饼总店，一踏进店门，门市小姐小青便热情地招呼我们吃茶，并且亲切地切着各式古早或是改良过的中式喜饼给我们试吃，奶奶一边吃一边开心地说着在宜兰的童年往事，聊着聊着便感慨起了自己的身体，说吃多了饼怕医生怪罪。我告诉小青奶奶有糖尿病，不可以吃糖分高的食物，小青微笑着说："不要紧，这里的饼用的是海藻糖，糖分只有一般糖的三分之一，牛奶也是天然的，可以放心吃。"奶奶露出满意的笑容，大口咬了手中松软香甜的饼，看着奶奶一脸的满足，我肯定了自己的选择。

我订婚那天，祭祖时奶奶喃喃地告诉祖先："今天咱小茹要订婚啰！她选的是宜兰故乡饼，劲好！祖先你要好好保佑她幸福一生喔！"

咸咸的泪水从我脸颊滴落，伴着甜甜的心情与深深的不舍，我的脑海中响起那首充满温情的歌："在小的时候，奶奶对我最好，把最好的物品都留给我，她也常常带我去幼稚园看人玩耍，看人玩家家酒，看人玩捉迷藏……"今天我要出嫁了，很开心能将最甜蜜的回忆和最美味的宜兰饼献给最疼爱我的奶奶。"奶奶您放心，我会是最幸福快乐的新嫁娘，您也要长命百岁等着做祖母喔！"

故事启迪

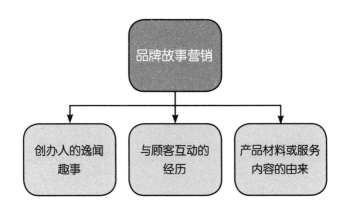

一、"宜兰饼"故事评点

故事气氛极佳，情节讨喜亲切。

第一段，运用"时间轴"做对比。当年奶奶出阁吃不起大饼与多年后我让奶奶试吃喜饼的情节进行对比，引出主题。情感深刻，情景鲜明，让人有一探究竟的欲望。

第二段，转折点精练。用奶奶有糖尿病，不可以吃高糖分食物的事实引出产品的独特卖点（unique selling proposition，USP）："不要紧，这里的饼用的是海藻糖，糖分只有一般糖的三分之一，牛奶也是天然的，可以放心吃。"为顾客需求与产品卖点做了很好的关联性连结。

第三段，价值启发动之以情，"感性情怀"的铺陈（"订婚那天祭祖时奶奶喃喃地告诉祖先：'今天咱小茹要订婚啰！她选的是宜兰故乡饼，劲好！祖先你要好好保佑她幸福一生喔！'"）让故事有了完美的结局。故事通过时间、空间、人物的切换展示出商品的"感动力"，让人们在看故事的当下运用想象力刺激五感（视、听、触、味、嗅），进而产生真实的体验。

二、运用倾听与询问技巧，探询顾客的类型

有时候，最具有影响力的故事，是你想影响的人的故事，而不是你自己的故事。好好倾听，你才能知道该讲什么样的故事来唤醒同理心。

营销业务人员可以运用倾听与询问技巧，探询顾客的类型（如轻松快速型顾客、关系型顾客、计划型顾客等）并了解顾客的响应方式，克服被拒绝的恐惧（如粗鲁、漠不关心、怀疑、有兴趣、不确定、拒绝）。信任感可通过理性诉求实现，如强调商品的特色、利益、功能、性价比等；也可以通过感性驱动，创造内心的感动，如用故事隐喻铺陈，提高产品的价值，进而拉近与顾客的距离。

三、为故事主题定调，凸显产品价值

某关贸网络企业，以客服人员服务客户为例，将与顾客互动过程中获得的经验作为故事源，编辑成册，下面例举一些故事的标题：

《选择是一种勇气》《因为您，让我的存在变得更有价值》《感动，其实可以随手可得》《您的信赖，让我们更加优秀》《先感动自己，再感动客户》《客诉变感动》《专业带来信任》《五心（细心、爱心、耐心、关心、平常心）创造感动》《客户的事就是我（们）的事》《因为倾听，所以信任》《勿忘初衷，保持热情》《迟来的肯定》。

我们可以学习仿照这些例子，为故事的主题定调，即用一句话凸显价值启发点。

30 学会站在顾客的立场换位思考

民之所欲，常驻心中。顶尖业务员应懂得辨识顾客的个性和人格特质，倾听和询问顾客关切的事项，听出弦外之音，让顾客信任你。

少年的我对世界说："我迎着希望来了"；中年的我对世界说："我怀着热情前行"；老年的我对世界说："我的心里满是感恩"。

2015年9月，过了白露时节，尚未见秋的凉意，反倒是"秋老虎"不断地发威。我受某保险公司的邀请，为全省约八百位保险业务主管及资深同仁，进行台北、台中、台南、高雄四地的演讲，题目是《说故事的销售力》。在开场的时候，我先说了一个故事作为引导：

在一个阳光的午后，有一只河蚌在河畔散步，它伸伸懒腰，正准备张开蚌壳晒日光浴。这时忽然飞来一只鹬鸟（嘴巴尖尖长长的），看到河蚌鲜美多汁的肉，心想好一顿丰盛的午餐，于是想啄食它的肉。河蚌也没有客气，马上将蚌壳合上，把鹬嘴紧紧地箝住了。

两者相持不下，河蚌揣思："你休想占我便宜！我今天不把蚌壳张开，明天也不把蚌壳张开，我将在沙滩上看到一只死鹬。"

鹬鸟也想："要是今天不下雨，明天不下雨，我将看到沙滩上有一只渴死的河蚌。"正当双方相持不下之际，有个渔翁经过，正好将它俩一起捕获了。

故事说完后，我询问学员这个"鹬蚌相争"故事的启示。某甲学员举手说：

这个"鹬蚌相争"的故事，可以隐喻一种"沟通障碍"——只顾自己的利益和立场，一股脑儿地灌输自己的想法给对方，却不管他人的想法和立场，最后的结果就是彼此没有交集。

　　我对他的回答给予了肯定，接着补充解释：如果我们把常见的销售行为，比作一种沟通过程，那么买方与卖方，就像鹬蚌相争的过程。业务人员（卖方）就好比那只鹬鸟，客户（买方）就好比那只河蚌。业务人员（卖方）只考虑自己的立场与利益，专注于自家产品推广，攻击竞争对手的产品，急于想取得客户（买方）的订单（鲜美多汁的蚌肉），却没有站在顾客的立场考虑问题；而顾客就像那只河蚌，由于自己的利益和需求被对方忽略而产生反感和压力，因此持有怀疑不信任的态度。结果会如何呢？

　　此时，学员顿悟而后领会：如果双方相持不下，将无法营造有意义的对话，也无法达成销售。

故事启迪

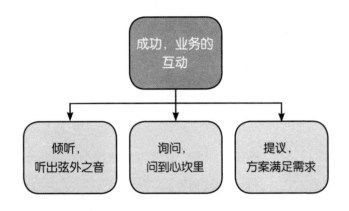

一、辨识顾客类型

　　最成功的业务员会先辨识顾客类型，扮演聪明的提问者和真诚的听众，进而引导顾客的需求，而非急于推销特定商品。以金融商品为例：金融理财专员或保险业务人员的任务是将保险、金融商品传达给各式各样的顾客，而这些商品多少都带有些风险，因此顾客下订单的过程，是在与你经历一场"冒险之旅"。每一个保险理财的行为都可以被看作一个冒险故事，顾客为何在千万人中选择你作为他们的理财专员，无非是对你有一份"信任感"。

二、倾听和询问顾客关切的事项

民之所欲，常驻心中。先倾听和询问顾客关切的事项，听出弦外之音。例如，通货膨胀、课税、不稳定的股市、投资失利、环境激素、空气污染、食品安全、工作压力、孩子的未来、维系家庭幸福、疾病预防、身体健康等。

三、辨识顾客的两种取向

以金融保险业的顾客为例，辨识顾客有两种取向：一是背景属性；二是人际风格。

1. 背景属性：社会新人、新婚夫妻、为人父母、退休生活。举例：听顾客说故事，引导产品需求。

顾客背景属性	顾客的故事（倾听顾客现况与他们关切的事项）
社会新人	退伍、稳定收入、第一桶金、还本型意外伤害医疗保险
新婚夫妻	爱情长跑、梦想规划、癌症低龄化、补强医疗保险缺口
为人父母	双薪、子女上幼儿园、第二孩计划、教育费规划
退休生活	三十年同学会、比较彼此的鲔鱼肚、中年失业、想换老爷车、规划有尊严的人生下半场

案例：通过询问引导话题的延伸。

步入职场，您一定渴望大展理想抱负而无后顾之忧，是吗？

新婚燕尔，您一定盼望享受甜蜜的二人世界而没有负担，是吗？

初为人母，您一定希望抛开烦忧，单纯地享受快乐，是吗？

退休乐活，您一定渴望过得踏实而完美，是吗？

2. 人际风格：表现型、友善型、分析型、控制型。依据人际风格，寻找导入商品的手法。例举如下：

A. 表现型特质：幻想、创意、充满热情。

导入商品手法：赞之以词，介绍退休理财规划商品——没有事先准备，何来"安可（Encore）演出"！

B. 友善型特质：注重人际关系，喜爱和谐。

导入商品手法：动之以情，介绍旅游平安险。

C. 分析型特质：要求精准、冷静而理智、谨慎。

导入商品手法：晓之以理，介绍转账缴交保险费可享有百分之一的优惠。

D. 控制型特质：自信，具有冒险性，竞争力强。

导入商品手法：导之以利，介绍增额终身寿险。

31 善于营造联想画面

善于说故事的业务人员，会用真诚的故事或简单的实例来进行说明、模拟和比喻，以此打开顾客的心防，让顾客产生联想并乐于吐露心声，进而向亲朋好友推荐这些商品。

夜空中闪烁的群星就像千万个智慧的老人，对我诉说着他们成功与失败的经验，鼓励我要唱自己的歌，做自己的梦，持续发光发热。

当你在销售产品之前，先懂得你所拥有的东西对别人有什么价值，那么原本平淡无奇的产品，也可能跟金苹果一样有价值。

——全美知名销售训练专家卡西·爱伦森（Kathy Aaronson）

卡西·爱伦森懂得为产品找一个成功的故事，下面就来看看她的"金苹果销售魔法"：

有一个八岁的美国小女孩卡西，小时候住在新罕普什尔州的偏远农庄，父母亲忙于工作无暇陪她玩耍。她太寂寞了，于是爬上拖拉机，将其开到附近的邻居家找同伴玩耍。卡西只是想找同伴，却不知道一路上她把田里的许多农作物都压毁了。

过了不久，她又突发奇想，把田里种的红萝卜、番茄等作物整理好，在路边摆了一个摊子准备贩卖这些农产品。卡西为摊子取了一个名称：快乐农园。

学校老师帮助她做了五个又大又重的"招牌"放在路边，像路障一样，上面画了相应的蔬菜，还配有简单的文字：

第一块招牌画了一种蔬菜，写着"胡萝卜"。

第二块招牌画了一种蔬菜，写着"新鲜的番茄"。

第三块招牌画了一种蔬菜，写着"小黄瓜"。

第四块招牌写了一句话："新鲜的农产品，还有四分之一英里。"

第五块招牌画了一个太阳，写着："愉快就在转角处。"

开车经过的客人感到好奇，于是走下车，来到卡西的农园。客人看到有些农产品的形状比较奇特，如歪七扭八的胡萝卜、有疙瘩的番茄等，于是表情变得疑惑起来，然后突然惊呼："这个红萝卜好像兔子！"卡西立刻天真地告诉客人："这种胡萝卜形状奇怪像兔子，是因为当初的种子是一百多年前从法国漂洋过海来到美国的。"

卡西自信满满地告诉客人，前几天如何帮助妈妈采收、清洗，以及前一晚刚在餐桌上吃了妈妈烹调这些美味佳肴的故事。卡西还睁大眼睛，向客人强调，这种胡萝卜是百分之百的天然食品，除水、阳光和田地里肥沃的土壤之外，没有添加任何东西。

于是许多客人纷纷购买这些形状奇特却有着"故事"的蔬菜。而且，这些客人周复一周地来到"快乐农园"的小摊子，找寻不同的乡村体验。

十八岁时，卡西到纽约工作，起先任职于一家小广告公司，后来《大都会杂志》征广告业务员，但卡西听说那里很少雇用年轻的女性业务员，因此，她决定用一种与众不同、别出心裁的方式，争取面试机会。

首先她到登喜路（Dunhill）雪茄店买了四支"it's a girl"品牌的雪茄，用金色彩带及黑色漆皮盒包装好后，轮流寄出，一次寄送一盒给《大都会杂志》的发行人。

第一天第一个盒子里，有一支雪茄及一张卡片，写着："It's a girl."

第二天第二个盒子里，有一支雪茄及一张便条纸，写着："她是大都会的女孩。"

第三天第三个盒子里，有一支雪茄及一张便条纸，写着："她的名字叫……"

第四天第四个盒子里，有一支雪茄及一张卡片，写着她的名字："卡西·爱伦森"。

最后，她得到了工作，而同时期参加面试的竞争者大约有二百人之多。

故事启迪

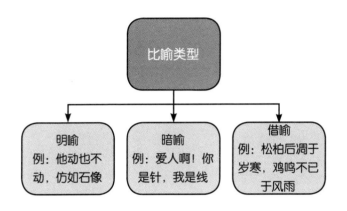

注：松柏、鸡鸣指君子，而岁寒、风雨指乱世。

一、让人慢下来，进入故事的情境

一个八岁的美国小女孩卡西，将五块招牌当作"路障"，让经过的客人停下来听她讲故事。五块招牌分别传递了下面的意义：一、引起旁人（顾客）注意；二、让他们慢下来；三、引发他们的兴趣；四、让他们考虑卡西卖的东西；五、承诺愉快的体验。

卡西在销售一件产品时，懂得用"说故事"的方式进行包装，让那些原本平淡无奇甚至歪七扭八的蔬菜，因故事而变得有意思。

二、善于制造"联想画面"

如余光中的新诗《乡愁》：

"小时候，乡愁是一枚小小的邮票，我在这头，母亲在那头。长大后，乡愁是一张窄窄的船票，我在这头，新娘在那头。后来啊，乡愁是一方矮矮的坟墓，我在外头，母亲在里头。而现在，乡愁是一湾浅浅的海峡，我在这一头，大陆在那头。"

三、唤醒情感

用故事协助销售，让顾客有感觉。合适的故事能唤醒人们的情感，让决定变得容易，让顾客凭直觉达成交易。业务人员可以从"不安危机"与"光明希望"两个角度进行描述。

1. 让人产生"不安危机"的情景：

大野狼侵入三只小猪不牢靠的房舍、摇摇欲坠的老旧危楼、土石流危害的松软山坡地、缺乏牢固钢缆的电梯、台风天把持不住的小雨伞、缺乏安全气囊与GPS导航的车子。

2. 让人产生"光明希望"的情景：

有计划地栽种树苗（定期灌溉与施肥）、茫茫大海中的灯塔、肥沃土地上的预期农作物丰收、构建资产的稳健金字塔、大雨中的避风港、稳健的城堡与护城河。

32 倾听他人故事，流露同理关怀

　　顶尖业务员懂得向顾客问"对"的问题，并在询问过程中"听出"顾客的故事，继而进行后续交流。顾客的故事让我们了解背后的理由，当业务人员流露同理关怀、提出价值建议时，顾客自然乐于买单。

群山教会我谦虚，深海教会我包容，星空教会我沉思，太阳教会我热情，这些都是大自然教会我的事。

席梦思"床边故事篇"微电影——《睡前和最亲爱的人说说话》。

剧情描写一对夫妻，太太小玲忙于会计师事务所的工作，常常晚归，孩子小凯睡觉前常常等不到妈妈。一天小玲晚归，在沙发上疲倦地坐着，看到先生留的一张字条："我留了鸡汤给你，记得热来喝。"此刻小凯醒来黏着妈妈，要她讲故事。于是小玲尽量打起精神，在床边跟小凯说故事，先生醒来看见小玲和小凯愉悦温馨的床边互动，深觉在睡前和最亲爱的人说说话，是很幸福的事。

微电影传递：片刻的放松与分享，培养你和家人间最亲密的感情。睡前说说话是美梦的开始——美好睡眠，活力充电。

2016年8月，我受邀担任"故事销售"的培训讲师，学员皆为第一线业务人员。我请学员思考与不同顾客"互动对话"的过程，发掘促进成交的契机。在学员案例发表环节，我们探讨了如何以询问对话的方式，问出好业绩。

顶尖业务员成功的关键在于，他们不是传统印象中的"说话"高手，而是"问话"高手，是他们向顾客问对了问题。顶尖业务员懂得向顾客问"对"的问题，并在询问过程中，"听出"顾客的故事，进而进行后续的交流。顾客的故事让我们了解背后的理由，当业务人员流露同理关怀、提出价值建议时，顾客自然乐于买单。

我将询问方式归纳为四种类型：背景／寒暄询问、动机询问、风险询问、解决对策询问。对这四种类型，我拟定了三种情况，为学员示范与顾客的问话：

案例一：太太小玲忙于会计师事务所工作，常常晚归，孩子小凯常常在睡前等不到妈妈。

背景／寒暄询问："小姐，您工作很忙吗？平常下班很晚吗？"

动机询问："听您提及孩子小凯目前五岁，睡前想听妈妈说故事，是吗？"

风险询问："小孩晚上睡不好，也影响你们大人上班的情绪，是吗？"

解决对策询问："您想弥补一下亲子关系，可以考虑我们这个系列的床垫：三环钢弦独立筒、负离子、凉感设计系统。因为类似您背景的许多顾客，用过后评价都不错。"

案例二：台南东区中年贵妇，女儿十二岁矫正侧弯脊椎，希望孩子睡得安稳舒适。

背景／寒暄询问："您也住在东区××小区是吗？"

动机询问："听您说女儿小真，在十二岁时做了脊椎侧弯更正手术，是吗？"

风险询问："的确，小孩配合手术治疗，就要睡得安稳舒适，否则效果会打折是吗？"

解决对策询问："您想让孩子睡得安稳舒适，有个好梦，为她提供一个可以做梦的条件，启发他的创意！可以考虑我们这个系列的床垫，类似您背景的顾客，用过后评价都不错。"

案例三：一位中年大叔，谈到自己九十岁的妈妈半生辛劳，从没有睡过一张好床。而今想帮妈妈和爸爸改善条件，让他们睡上一张温馨的床，愉快地度过晚年生活。

背景／寒暄询问："先生，您是要为爸妈看床吗？听您说九十岁的妈妈半生辛劳，从没有睡过一张好床。"

动机询问："听您说旧的床垫爬了好多小黑虫，也睡了几十年是吗？"

风险询问："的确，尘螨小虫有害呼吸器官，您孝心感人，不想错过实时行孝是吗？"

解决对策询问："您想让父母睡独立筒和乳胶垫负离子，度过愉快的晚年生活，可以考虑我们这个系列的床垫，类似您背景的顾客，用过后评价都不错。"

经过学员热情的演练，最后我归纳出"询问与倾听"式营销的三个效益：

1. 通过感性情怀的流露，开启沟通对话，与顾客建立正面稳固的人际关系。

2. 故事销售方式简单明了——运用技巧简化复杂的商品，累积顾客成交与未成交案例作为故事源。

3. 让顾客感觉他们自己很重要，相信你所说的，进而成为你忠实的顾客并能口碑相传，帮你推荐顾客。

故事启迪

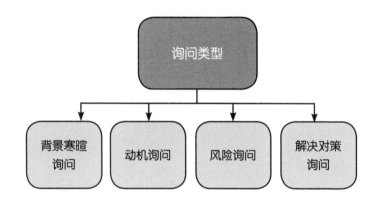

一、用心倾听，让顾客感到自己很重要

探索顾客的情况与需求动机，运用故事进行对话，引导顾客的感性情怀。学习感性诉求的沟通，身为业务人员的我们要先学习慢下来。多听多问，设身处地为对方（顾客）着想，才能看到每一个顾客脖子上挂着的隐形招牌："让我感到自己很重要。"

二、引导顾客说出商品需求

从顾客的故事或经历中引导他们说出对商品的需求。业务人

员的敲门砖就是说故事，同时运用比喻、模拟等技巧。用故事呼
应故事，这样就能建立起"情感连结"。

故事销售的影响力

33　用故事刺激五感

　　故事可以运用于群众募资，进而带出商业模式、团队与产品。故事营销三部曲：说明人物与情境，描述冲突与问题，提出对策与价值。

东方发白的破晓时分，我沉浸在造物主创造天地万物的喜悦之中，对拥有的一切开始感恩，对失去的一切开始警惕，准备认真活过每一天。

　　在牧场，每天清晨5点，阿嘉都要把整只手插进牛的肛门里，为数百只牛做直肠触诊，他还负责接生、开刀手术等。长期以来，阿嘉一直奔波于充满屎尿和泥巴的牧场上。

　　阿嘉心想："我堂堂一个兽医医师，救得了牛，却救不了牛奶，实在很不开心。"阿嘉就是龚建嘉，看到近年来鲜乳产业人口流失、不合理的产业现状，以及民众对鲜乳质量的怀疑，非常痛心！他不想看到台湾鲜乳业变成夕阳产业，因为台湾的鲜乳真的很棒！

　　一天凌晨3点多，阿嘉去农场，奶农早就醒了，他们先要把牛喂饱。一个不多话的奶农对他说："阿嘉，你一定要加油，我们的未来有希望。"2015年4月，龚建嘉和伙伴通过群众集资共同创办了"鲜乳坊"，三天就募集资金一百多万元。

　　"鲜乳坊"秉持"严选单一牧场""无添加无调整""兽医现场把关""公平交易"的原则，为消费者提供了优质的鲜乳。

　　阿嘉说："你注定要做一件，只有你能做的事情。我们要做的事情很简单，我们要用自己的所学，来缩小一点城乡差距，哪怕只有一厘米也好。"

附记：

　　龚建嘉每天在牧场工作，与奶农建立起深厚的革命情感，他们就像他的家人一样。龚建嘉说这并不是一条多数兽医医师想走的路，他这辈子在别人眼中似乎总是不务正业。

　　龚建嘉的故事仍然在继续：采奶时间一天两次，一次早上，一次太阳下山时分。每天一大早，龚建嘉起床后先到牧场观察乳牛的状况，一天要跑四至六个牧场，从苗栗县跑到屏东县；晚上大约八九点回到住处，开始处理鲜乳坊的例行工作，例如，脸书回文、其他行政事务等；每天大概凌晨1点多才能睡。

故事启迪

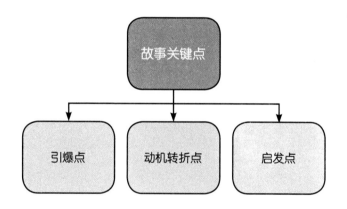

一、引起群众的共鸣

成功的群众集资，就是要引起群众的共鸣，借由理性与感性的说服，刺激听者的大脑采取行动。故事营销扮演着重要角色，符合起、承、转、合的叙事要求：

起（创作动机）："看到近年来鲜乳产业人口流失、不合理的产业现状，以及民众对鲜乳质量的怀疑，非常痛心！他不想看到台湾鲜乳业变成夕阳产业，因为台湾的鲜乳真的很棒！"

承（开始创作）：一个兽医医师，他希望以合理的价格收购奶源，鼓励奶农提高生产质量，进而促进产业升级，同时保障消费者饮用鲜乳的质量，以"严选单一牧场""无添加无调整""兽医现场把关""公平交易"为原则为消费者提供了优质鲜乳。

转（遭遇困境）："在牧场，每天清晨5点，阿嘉都要把整只手插进牛的肛门里，为数百只牛做直肠触诊，他还负责接生、开刀手术等。长期以来，阿嘉一直奔波于充满屎尿和泥巴的牧场上。""一个不多话的奶农对他说：'阿嘉，你一定要加油，我们的未来有希望。'"

合（成功解决）：龚建嘉和伙伴，通过群众集资共同创办了"鲜乳坊"。选择群众募资的方式，借助众人的力量完成梦想。

二、吸引人的"起、承、转"造就了成功的故事营销

故事刺激五感，发挥文创的力量。2010年4月6日，一群小伙伴一起喝了碗小米粥，一家叫"小米"的小公司就悄然开张了……这就是小米公司创始人、董事长兼CEO雷军所讲的故事。他在微博上写道，几位创始人一起喝了碗小米粥，就开始了艰难的创业。当小米成立六周年时，雷军还回忆起当年喝小米粥创业的情景。这个故事也被人们津津乐道地传颂着。

三、用故事刺激人的五感

用故事刺激人的五感（视、听、触、嗅、味觉），让人仿佛看到、听到、闻到、摸到、尝到故事中的情境变化。2006年，魏德圣为拍摄电影《海角七号》，请南投县信义乡农会研发一种"有点俗、有点可爱，且具有在地感"的酒品，于是该单位用一个月的时间进行研发，推出了名为"马拉桑"①的小米酒品牌，听到"马拉桑"三个字，我们仿佛闻到了阵阵酒香。

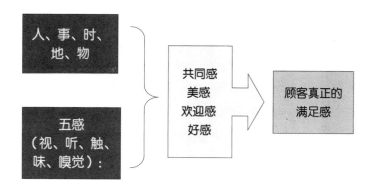

用故事刺激五感，发挥文创的力量

---

① 台湾少数民族语言，意为喝醉了。——编者注

34　童话故事中的自我激励

　　童话故事神奇瑰丽，但听故事的同时不要忘了去发现故事中的同理心、幽默感和正向思维，然后将它们运用在现实生活中。

自律的习惯是我成长的实力。等风云际会的时机来临，便汇聚成一股强大的力量，将我推向发光发热的舞台。

一头驴子长年为主人辛勤工作，如今年老体弱，主人打算把它卖掉。于是有一天晚上，驴子找机会逃了出来。

一路上，驴子相继遇见了曾经的伙伴——猎犬、老猫和公鸡。主人认为猎犬不够敏捷，老猫没有用处，公鸡啼叫不够响亮，因此统统将它们遗弃了。于是，驴子提议去不莱梅镇，因为那里充满着音乐与欢乐。就这样，四只动物衡量着自己对音乐的才能和喜好，决定组成"不莱梅大乐队"，结伴到不莱梅镇当音乐家，准备过自由快乐的生活。

夜色来临，四个同伴来到树林边，发现不远处有间屋子亮着光，大伙凑近一看，发现屋子里有一群强盗正在享受美酒佳肴。驴子想出了一个办法，它和三个伙伴堆栈起来盖上白布，佯装体型高大的怪物，吓走了强盗。

赶走强盗后，它们兴高采烈地走进屋子饱餐一顿。从此他们这个"不莱梅大乐队"每天弹奏着欢乐的音符，过着自由快乐的生活。

故事启迪

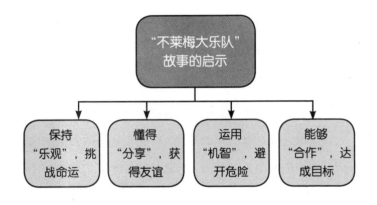

一、经典童话是故事的一个来源

这个故事源自《格林童话》的《不莱梅大乐队》。当你去德国的不莱梅（Bremen）城市时，就会看到一个由驴子、狗、猫、公鸡堆栈起来的有趣的雕像。

二、故事中的自我激励

听故事就好像"盲人摸象"，每个人的领会和解读都不一样。我获得的启示是：创造自己的价值。虽然我不知道"不莱梅大乐队"最后有没有去不莱梅，但显然它们在旅途中，实践了自我价值，创造了团队绩效。虽然四只动物的主人嫌弃它们，但只要自己不嫌弃自己，拿出勇气，凭借分享、利他与合作的精神，彼此激励，发挥各自的长处，仍能实现梦想。

三、巧用"他山之石"

多阅读童话故事，激发想象力，如《格林童话》和《安徒生童话》。《格林童话》产生于19世纪初，是德国的格林兄弟历经数十年，搜集、整理的民间童话故事和古老传说。其中，《白雪公主》《青蛙王子》《小红帽》《灰姑娘》《睡美人》《不莱梅大乐队》等最为人知晓。

35　童话故事中的正向启发

　　王子和公主不一定有快乐的结局，但仍要有昂扬的
斗志去迎接明天。我们发现，自己并非最可怜的，故事
中的角色和我们一样，遭遇着类似的问题。

河流看见海洋的广阔，小草见识森林的繁茂，我不
只要长大，还要懂得包容和谦虚。

在一个豆荚里，长着五颗豌豆。豆子是绿色的，豆荚也是绿色的，因此，豌豆们以为全世界都是绿色的。

当豆荚愈来愈大，豌豆也跟着长大了，它们在豆荚里都很守规矩，整齐地排成一行。但是，长大后的五颗豌豆蠢蠢欲动，都想有一番作为。有一天，一个小男孩在阳光下看见了这个豆荚，他捡起豆荚，把五颗豌豆放在空气枪里当子弹。

第一颗豌豆被装进枪管里，"砰！"的一声被射出，它欢呼地说："哇！我马上要到广大的世界去了，看你们谁能跟得上我！"说着，就消失得无影无踪。

小男孩问第二颗豌豆："你要去哪里？"

豌豆说："我要飞向太阳。"于是第二颗豌豆一边叫着一边飞走了。

第三颗、第四颗豌豆怕被射出去，竟悄悄地从豆荚里溜走了。

小男孩拿出第五颗豌豆问："你想到去哪里了吗？"

豌豆说："我想飞到能为别人带来快乐的地方。"

小男孩说："只有你最关心别人。"

小男孩扣动扳机，第五颗豌豆落到一个窗台的花盆上。

那是一户穷人家，一位妈妈带着一位生病一年多的女儿。小女孩看起来身体虚弱，十分可怜。这天，当妈妈独自去干活，孤独的小女孩躺在床上，发现花盆里长出一颗小嫩芽。当太阳照进来，伴着微风，小嫩芽舒展开自己的叶子，仿佛在跳舞，也仿佛在告诉小女孩：你的病会好起来的。

晚上妈妈回来，小女孩说："妈妈，今天我发现花盆里长出一颗小嫩芽。"

妈妈一看，原来是一颗豌豆苗。她问小女孩："今天感觉好些了吗？"

小女孩说："今天太阳照在我身上，温暖又舒服。小嫩芽说我一定会好起来的。"

妈妈高兴地说："但愿我的女儿能像这颗豌豆苗，欢欣快乐地成长。"于是，妈妈为豌豆苗撑起一根小竹竿，又拿一根线缠绕了一下，让豌豆苗可以向上生长。

从此，小女孩每天陪着豌豆苗说话，和它唱歌，豌豆苗一天一天长大，小女孩的病也一天一天地好起来。

终于有一天，豌豆苗开花了！粉红色的花瓣，鲜艳美丽。小女孩脸上泛着健康的笑容，快乐地亲吻它。妈妈高兴地对豌豆花说："非常感谢你，你就是上帝派来的美丽天使，帮助我女儿战胜了病魔，恢复了健康。"

有一天，当那个玩空气枪的小男孩经过窗台时，豌豆苗轻轻地摇了摇枝条对小男孩说："嗨！你看，我终于实现了自己的诺言，我是最幸福的豌豆花！"

故事启迪

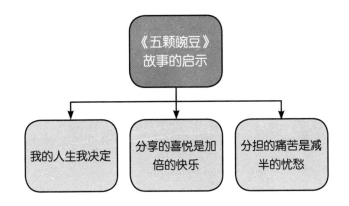

一、让人们听到、闻到、尝到、感受到你的故事

这是《安徒生童话》中《五颗豌豆》的故事。儿童心理学家布鲁诺·贝特尔海姆（Bruno Bettelheim）认为：在童话中，人类内在的活动过程都予以表面化，假借故事中的角色与情景，呈现在读者的面前，可见而可解。我很喜欢故事中形容情绪的字眼，如"蠢蠢欲动""温暖又舒服""欢欣快乐""最幸福的"，这些字眼可以牵动听故事人的感性情怀。

调动五感，通过生动的描绘把听众引入你的故事，给他们身临其境的感觉。

二、将典故类比自己的经历

故事中豌豆苗告诉小女孩，她的病会好起来的。而小女孩的病也一天一天地好起来，脸上泛着健康的笑容，快乐地亲吻豌豆苗。这里，我对比自己的一段心路历程：十年前，我转换跑道，踏入培训师行列，就像那"第五颗豌豆"一样，蓄势待发，勇敢飞出，准备做些美好远大的事情。我在飞出的时刻，也告诉自己：我的人生，我决定。做自己喜欢的事情，最容易乐在其中。

把典故或者家喻户晓的故事与自己的经历类比，更能让听众理解你的感受，更容易被人接纳。

三、用故事呼应故事

用故事呼应故事，展现相同价值观。下面分享我很喜欢的《三棵树》的故事，这个故事曾多次被改编为音乐剧：

从前有三棵树：橄榄树、栎树和松树，每一棵树对自己的未来都有一个美梦。

橄榄树希望将来能成为一个精致的珠宝盒，里面装着各样珍贵的金银珠宝。有一天，一个木匠来了，从众多的树木中挑选了这棵橄榄树，橄榄树好兴奋，希望木匠将自己打造成美丽的珠宝盒。然而，木匠把它变成了一个马槽，盛装各种难闻的动物饲料。橄榄树的心碎了，它觉得自己毫不起眼，没有价值。

栎树希望自己将来能变成一艘大船，载着国王到世界各地游历。当木匠砍下它时，它兴奋又期待。但木匠把它做成了一只小小的渔船。栎树好伤心，好失望。

松树一直长在山巅，它唯一的梦想就是昂然矗立着，展现雄壮威武的英姿。然而，就在一瞬间，一道闪电使它轰然倒地，木匠把它捡起来丢在废木堆中。这三棵树都觉得自己失去了价值，它们失望而沮丧，没有一个梦想成真。

然而，上帝对这三棵树却有其他的计划。多年之后，当约瑟和即将生产的马利亚找不到容身之处时，他们来到一个马厩，小耶稣诞生了，他们将他放在一个马槽中——那棵用橄榄树做成的马槽！这棵橄榄树原本希望自己能装满各种珍贵的珠宝，然而上帝有更美好的计划，让它装了最珍贵的宝贝——上帝的儿子。 几年后，耶稣长大了，有一天他要搭船去往湖的那头。他没有选择华丽的大船，却选了一艘小小的渔船——那艘用栎树做成的小船。这棵栎树原本希望自己能带着国王到处游历，而今上帝有更好的计划——它载的是万王之王。

又过了三年，一天罗马兵丁来到一堆废木前翻翻找找。这棵松树被选中了，心想着自己即将被烧了生火。然而，出乎意料的是，这些兵丁砍下了松树的两段树干做成十字架，耶稣就死在这个十字架上，三天后复活。这棵树原本希望矗立山巅，如今它见证了最伟大的事——对世人诉说上帝的爱与怜悯。

神对每个人的生命都有一个美好的计划，远超我们的所见所想。如果我们愿意打开心门认识耶稣，那美好的计划就会在你我的生命中展开。

36 品牌故事营销的力量

故事营销赋予产品意义、典故、历史及人文意涵，使其与顾客产生情感连结，进而让顾客产生想象与兴趣。

当一个人被放在时间与空间的坐标轴上，自然会写下历史和回忆。我可以创造不凡的历史，在宇宙间留下美好的回忆和足迹。

那天偶然走过街角，瞥见一间看似温馨的咖啡厅，毫不犹豫地走进去，准备一个人享受浪漫幽静的午后。随性点了一杯耶加雪夫咖啡，然后找个安静的角落坐下，突然瞥见墙上一段醒目的文字："牧羊人上山赶羊，羊群中有几只山羊格外兴奋，像是在跳舞，原来羊是吃了一种红色果实。牧羊人随手将果实丢进火堆，竟然烤出一股香气。然后，他将用火烤过的果实带去给僧侣品尝，他们加入水进行冲煮，世界上第一杯咖啡就此诞生。"

这段文字引起我极大的兴趣，它透露着经营者对于咖啡的热爱，从第一杯咖啡诞生到现在，其中蕴含了"一往情深"的品牌精神。没想到这段诉说咖啡的文字，竟能让我产生情感连结，从此爱上咖啡。不多久，我就兴冲冲地带着妻子再度光临，享受分享的乐趣，还萌生出自己在家DIY（自己动手做）咖啡的想法。

接下来的日子，我用啜饮一杯咖啡的方式揭开一天的序幕。每次喝完后，我都觉得心情开朗，好像跳舞的山羊一般，活力四射，足以应对一天的工作。此外，我和妻子一起开始尝试手冲咖啡。我们挑选适合自己口味的咖啡豆，注意磨豆的粗细度、断水的时间、焖蒸程度等，还用心选购了咖啡滤杯与滤纸。在这个过程中，我们又多了很多共同话题，还偷偷地将自己封为"咖啡达人"，享受其中的乐趣。

在选购咖啡豆的过程中，我也认识了一些有识之士与责任感很强的单位，他们不遗余力地提倡"公平贸易咖啡"，旨在为发展中国家的咖啡生产小农创造更公平的贸易条件及机会，以利于他们可以专心培育咖啡种植，并能兼顾环境保护。此外，我进一步了解了咖啡渣的妙用方法，如防锈、冰箱除臭、作为环保肥料养殖盆栽等，充分发挥咖啡的剩余价值。

品咖啡犹如品味人生。诗人郑板桥说："室雅何须大，花香不在多。""十笏茅斋，一方天井，修竹数竿"，即可享受"风中雨中有声，日中月中有影，诗中酒中有情，闲中闷中有伴"的优雅意境。我附庸风雅，在喝咖啡的过程中，也享受着与妻子温馨的对话，观赏着窗外的植物。每当在屋内品尝烘焙度深浅不一、口味殊异的咖啡豆时，我也会对比联想四季更迭的不同况味：春天的百花绽放、夏天的酷暑难耐、秋天的萧瑟落叶、冬天的寒意逼人。

望着手中那杯香气四溢，刚冲泡完的耶加雪夫咖啡，记忆又回到一年前的那家咖啡店。哲学家布莱士·帕斯卡曾说："人类的全部不幸就是他们不能安静地待在他们的房间里。"而借着咖啡，在一方斗室内，细细品味人生，聆听自己内心的真实声音，这也算是一种奢华的享受了！

故事启迪

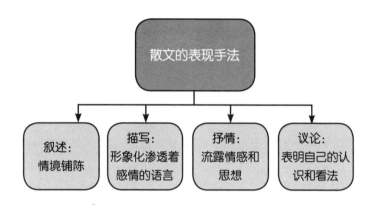

一、用散文故事，引起读者共鸣

白居易说："感人心者，莫先乎情，莫始乎言，莫切乎声，莫深乎义。"意思是说能感化人心的事物，没有比感情更深入的。散文故事中的言语、声调、抒情都能深化主题意涵，引起读者强烈的共鸣。散文的艺术表现手法主要有四种：叙述、描写、抒情、议论。

二、叙述

叙述是情境铺陈：对人物、事件、环境所做的概括的说明和交代，如时间、地点、人物之间的关系、事件的进展，以及环境和摆设等。

三、描写

描写是用形象化的、渗透着感情的语言，具体生动地对人物（肖像、心理、语言、行动）和环境（社会环境、自然环境）等进行描写。

四、抒情

抒情是对所描写的事物有感触，进而流露出情感和思想。直接抒情可以通过议论和感叹的方式来表达；而寓情于景，则属于间接抒情的表达方式。

五、议论

议论是说道理，对所描写的事物直接表明自己的认识和看法。在文学作品中，议论往往与叙述、描写、抒情并用，有强化主题、画龙点睛的作用。

附录一　听出故事的价值启发点

故事主题大多根植于永恒的人性冲突和渴望，例如，莎士比亚的《罗密欧与朱丽叶》的主题是坚贞的爱情、《哈姆雷特》的主题是复仇、《奥赛罗》是忌妒、《麦克白》是野心、《恺撒大帝》是背叛等。那些故事背后的心得或解读即"价值启发点"。

精炼摘要本书故事心得：用一句话，写下听完故事后的心得感想。

你试试看！

Chapter 1　故事思维：随时获得说故事的灵感
01　在散步中寻找故事灵感
02　从自己熟悉的人、事、物开始说故事

03 找到故事源

04 亲情、友情与爱情的故事是情感的仓库

05 在旅途中找到故事灵感

06 抓住人的需求来讲故事

07 触景生情是故事最好的灵感起源

08 随时、随地通过"自由书写"与心灵对话

09 回忆是你最好的故事源

Chapter 2　故事技巧：如何讲好一个故事
10　用真情打动听众
11　说有人情味的故事
12　用对话和肢体动作让你的故事更有吸引力
13　用故事撬开心中的锁
14　让故事更加精彩、更有深意
15　好故事五项元素
16　激发正能量

17 感动自己才能影响他人
18 讲述一个完整的故事
Chapter 3　故事应用：做个会讲故事的魅力领导者
19 激发团队成员的合作能力
20 故事鉴古知今，可运用在企业经营管理中
21 故事对领导者来说是最有效的工具之一
22 马壮车好，不如方向对
23 故事本身就是激励、导引、告知和说服的最佳工具

31 善于营造联想画面

32 倾听他人故事，流露同理关怀

33 用故事刺激五感

34 童话故事中的自我激励

35 童话故事中的正向启发

36 品牌故事营销的力量

附录二　故事图卡

看图说故事，图像可以活化右脑的思维，图卡可以引导客户联想到有趣的情节、深刻的对话，然后说出另一个新奇的故事。故事图卡的魔力在于：一种图片，两样情怀，千般解读，每个人都可以创造出自己的生命故事。

"故事图卡"的想法源于2012年，我去新竹某科技大学讲授人际沟通课程，学员均是来自大学部及研究所的学生。我一度担心产生台上热、台下冷的情形，然而当我通过故事及"故事图卡"进行引导时，才发现原本的担忧是多余的。"故事图卡"可以激起不错的学习效果。

"故事图卡"（或生命故事卡），即借由图案引发故事联想。图卡的正面是图案，反面是一句激励人心、引导学员正向思考的话。正面的图像可以活化右脑的思维，引发天马行空的联想，进而产生一句心得感言或一个故事；而图卡反面激励人心的话则是故事的"价值启发点"。"故事图卡"可以重新梳理自己的生命故事、绘画自己的生命蓝图。所以，我为本书的每篇文章都配了故事图卡。

应用故事图卡的引导方式有许多种：

1.看图隐喻：每个人在心中选一张图卡，用隐喻的方式说出自己对于此张卡片的联想，请他人猜猜看自己选的是哪一张。

2.故事接龙：将小组的卡片以任何顺序排列组合，通过"脑力激荡"的方式引发故事创作。

附录三　故事锦囊

故事锦囊的三种型态：

1. 创办人的逸闻趣事、亲身经历或抱负、理念、愿景等。

例如：

王品集团创办人戴胜益（著有《戴胜益：十座大山，十大决策》），从爬山的过程中制定出王品集团的详细规范。他提出，勇于在朴实中做自己，用平等的心去对待任何一个人，这样才能打破阶级所带来的距离感，让自己更加谦虚。

还有好样集团执行长汪丽琴，从每小时领六十元新台币的工读生，到成为"生活美学品牌的教母"的故事。其他还有85度C的吴政学、老爷酒店集团执行长沈方正、顺丰速运总裁王卫的奋斗故事，以及鸿海集团创始人郭台铭与软件银行集团董事长孙正义的友谊故事等。

2. 待客之道，或与顾客互动，体验超乎期待的惊喜服务（例如，台湾高铁、宜兰饼、海底捞、全聚德、亚都丽致大饭店、丽池酒店等）。

3. 品牌、产品、材料的组成、意念或来源（例如，鼎泰丰黄金十八折小笼包、薰衣草花园、春水堂的珍珠奶茶等）。

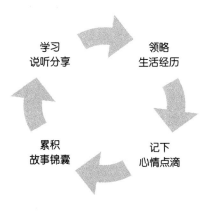

不断从生活中观察、记录、分享